生態與旅行

台日韓當代作家研討會論文集

崔末順、吳佩珍、紀大偉 主編

前言

　　本書是2017年4月14至15日兩天在國立政治大學台灣文學研究所舉辦的「台日韓當代作家研討會——生態與旅行」的紀錄，同時也是會議成果。台日韓當代作家研討會係由政大台文所主辦，本次會議為第二屆。舉辦這個會議，是希望能藉著這個平台，促進三國作家、學者間的相互交流，增進對彼此當代文學走向的認識。本次會議係在2014年首次以「台日韓女性文學」為主題舉辦的會議成果基礎上，再以「生態與旅行」為題，邀集三國作家、學者，共同探討各國的當代文學如何認知並反映此一社會普遍存在的現象或議題，也希望能透過文學更進一步的相互了解彼此。

　　所謂「生態與旅行」，無論是哪個國家，都是當代社會普遍存在的現象，因此拿來做為三國文學討論的主題，自是再適當不過。首先，生態主題在人類歷史上，自資本主義興起，進入工業化以後，即是一再被提出來討論的一個嚴肅的社會議題。過去，文學關注的焦點，先是著重在因產業發展而導致的環境破壞以及如何保護大自然的議題，進而擴及到對後工業社會反思，乃至現代社會裡個人存在的關懷問題上。固

然，各國的文學針對生態相關議題切入及討論的面向，在時間及內容上，有所不同，但使用生態文學一詞，卻顯得相當一致。而且，同屬生態界一環的人類問題探討，在當今社會也有逐漸受到重視的傾向，因此，毫無疑問，這個問題也早已成為各國非常重視的文學議題。

其次，早已成為人類日常生活一部分的旅行，由於它使得旅行者因接觸新的地景而在心理層面、精神層面上獲得刺激，以及因此而產生與自我的對話，再有它還提供旅行者對周遭事物一個省思的契機，因此自始即被認為是擁有相當魅力的文學主題。不僅如此，旅行除帶來視野空間的擴展，還直接觸發人們關懷他國的社會與文化，將旅行者從一國國民提升至世界公民的層次，漸次關注發生在世界各個角落的衝突與紛爭。旅行文學具有能夠涵蓋如此多樣且多元層面事物的特質，因而在台日韓當代文壇也佔有一定份量的地位。

如此，「生態與旅行」這個主題，可說提供了一個深具意義的視角，讓我們可以分別從國家或個人層次，回顧人類歷史的發展過程，弄清個別差異存在的事實。同時，它也是時空間擴張達到極致的地球村時代一個普遍的文學議題，因此台日韓三國當代的作家、學者共聚一堂，一起探究這個議題，本身就是一件深具意義的事情。

此次會議，我們分別邀請了一向以生態與旅行文學為創

作主題的三國多位知名作家，包括國內的吳明益、伊格言、鍾文音、黃麗群，日本的多和田葉子、茅野裕城子，以及韓國的片惠英與朴馨瑞。另外，我們也邀請了持續關注這個主題，而且經常抒發獨到見解的日本中川成美教授及韓國權晟右教授與會，國內學者則有政大台文所的范銘如所長、台大地理系黃宗儀教授，以及吳佩珍、紀大偉及崔末順等教授參加。會中，與會作家針對文學如何表現生態與旅行兩大主題的狀況，提供了相當多寶貴的意見，也分享了個人創作該等作品的動機與經驗。學者們則就與會作家的作品，發表研究心得，同時也找出台日韓當代文學裡相關主題的形象化樣貌，闡述其所展現的內涵意義。透過作家與研究者的交叉對話與相互交流，同時藉著對文學展現生態與旅行議題樣貌的考察，不僅對台日韓三個國家的當代文學，更對各國當下所面臨的社會問題，以及作家相應的創作意識，有了更深一層的認識與理解。

順著這個學術計畫，政大台文所竭誠希望未來仍能持續開設台日韓三國作家及學者間的對話與交流窗口，藉以繼續探討文學如何反映當代的社會問題，作家又如何將這些問題意識融合在創作裡，傳達給讀者。

最後，藉此機會，必須向參與此次會議的國內外諸位來賓，以及此學術計畫的催生者范銘如所長、所裡諸位老師及同仁、研究生，致上深深的謝意，感謝各位在會議期間的辛勞與

支持，會議的舉辦才得以圓滿成功，同時也要感謝秀威資訊公司編輯群的傾力襄助，本書才能順利出版。

崔末順　謹識
2018年5月1日

目次
CONTENTS

台灣生態小說的浩劫啟示

范銘如

國立政治大學台灣文學研究所特聘教授兼所長

在文學批評的範疇裡，生態研究是一個晚到的議題。即使七、八〇年代就陸陸續續有一些談論環境保育的論文發表，九〇年代生態批評才真正成為美國學術界裡被看重的領域。研究的文學類型包括幾個相近的主題，有的稱呼為自然寫作（nature writing）、環境寫作（environmental writing）或自然導向文學（nature-oriented literature），近年來更多學者採用了生態文學的詞彙。相較於前兩者偏向以自然為尚、或者謳歌人被自然環境擁抱實則流露出的人本中心暗示，生態強調的是交互社群、整合系統以及人文對自然的連結影響關係，不論是正面或負面[1]。生態批評（ecocriticism）就是研究文學與物質環境關係、自然與文化，尤其是語言和文學的相互作用。如果說

---

[1] Cheryll Glotfelty, "Introduction: Literary Studies in an Age of Environmental Crisis" in *The Ecocriticism Reader*, edited by Cheryll Glotfelty and Harold Fromm (Athens, Georgia: University of Georgia Press, 1996), xvii-xx.

一般文學理論主要探究的是作家、文本與社會的關聯，生態批評則進一步讓以人類活動為主的空間範疇擴充到人種以外的領域[2]。

　　台灣的環境保護運動並不算落後國際太久。七、八〇年代開始陸續就有不少報導文學深度探討工業汙染造成的公害問題，有的從社會批評的角度檢討三十多年來一味追逐經濟成長、工業發展的政策，有的則從人文關懷的胸襟呼籲愛護維持土地自然、尊重保育所有物種共同生存的權利[3]。這些對自然田園的尊崇與環保理念的宣揚，主要的文學類型是散文和詩歌，韓韓、馬以工、心岱、洪素麗、劉克襄、陳冠學、孟東籬都是其中重要的推手。原住民文學興起之後，雖然最主要的焦點是抗議漢族對原住民族的壓迫歧視，但是其間批評貪婪的漢人對原始資源強取豪奪造成的不可逆的毀損斷傷，以及書寫中屢屢描述到原住民族與山林河海、禽獸草木共存的傳統與智慧，跟生態文學的關注異曲同工。兩股論述時而相互支援，匯聚成更浩大的陣容。不過由於當代的生態論述涉及到許多專業性、科學性的知識，吳明益在他改寫自博士論文、也是台灣生

---

[2]　Ibid., xviii. 相關討論亦可參見Catrin Gersdorf and Sylvia Mayer edit., *Nature in Literary and Cultural Studies: Transatlantic Conversations on Ecocriticism* (Amsterdam: Rodopi, 2006); Patrick D. Murphy, *Ecocritical Explorations in Literary and Cultural Studies: Fences, Boundaries, and Fields* (Lanham, MD: Lexington Books, 2009).

[3]　詳見施信民，《台灣環保運動史料彙編》（台北：國史館，2006）。

態文學研究中必讀的學術專著中，選擇探討「非虛構性」的散文，對於主觀性、虛構性質較強的詩和小說，以及自認尚缺乏足夠認知背景的原住民文學先不予討論[4]。往後延伸擴充的自然書寫系列專論中的前兩本亦秉持類似的態度[5]。一直要到第三本研究專書中，吳明益才開始將觸角拓展到小說與原住民文學[6]。這個研究路徑雖然肇因於研究者個人謹慎的學術考量與興趣，某種程度上倒也不失公允地反映了散文此類型在推動生態運動中的領頭羊地位。無獨有偶，李育霖的專著《擬造新地球》也是聚焦在幾個重要的台灣散文經典，深入細緻的辯證台灣作家透過新物種與新地球的想像引進了一個介乎地景與歷史的烏托邦[7]。

　　為什麼小說這個在台灣文學史中不管作為形式藝術的實驗、或在倡議新知與行動導向上都居於前鋒位置的文類，在生態文學和運動的發展上竟然敬陪末座呢？箇中原因不只一端。最一般性的解釋或許是文類傳統。不像「靜物」的興發抒

---

[4]　吳明益，《以書寫解放自然：台灣現代自然書寫的探索（1980-2002）》，（台北：大安，2004），頁25-28。

[5]　參見吳明益，《台灣自然書寫的探索—以書寫解放自然book1》（新北市：夏日，2012）、《台灣現代自然書寫的作家論—以書寫解放自然book2》（新北市：夏日，2012）。

[6]　吳明益，《自然之心：從自然書寫到生態批評—以書寫解放自然book3》（新北市：夏日，2012）。

[7]　李育霖，《擬造新地球—當代台灣自然書寫》（台北：台大出版中心，2015）。

議向來是詩文的大宗，小說這個文類偏重的是人與事的動態性發展，山川、園林、原野、湖海等環境空間，不是作為故事的背景，就是穿插在敘事裡當作描述性的敘述點綴、補充暗示人物心境起伏或情節的走向變化。小說敘述對象既以人文社會為主、而人文社會本來就充滿了醜惡的亂象，難以如散文一樣書寫自然之美去勾勒想像新地球。在中文小說的歷史長河中，田園牧歌型（pastoral）的敘事傑作可謂鳳毛麟角。環境保育種種新概念，如何從敘事文類的後場、配角地位走向前場、核心焦點，表現方式顯然必須經過重重借鏡與轉化。再者，不管是中國現代小說或是台灣小說，關懷檢討社會國家處境的「感時憂國」寫實傳統始終是文學主流之一。考慮到此一書寫脈絡，我們不難理解為什麼台灣當代生態小說傾向以批判性、政治性的負面書寫，透過想像的毀滅性大浩劫去警示人文對自然的破壞以及連鎖性的反撲作用，而非像詩文類以正面的動之以情或說之以理的方式去親愛自然。既然中文傳統中可資借鑑的書寫範例不足以承載這個時新的概念，某些表現方式則必須參考國外的經典小說。本文將從宋澤萊的《廢墟台灣》（1985）、伊格言的《零地點》（2013）、吳明益的《複眼人》（2011）分析台灣生態小說的政治性源流以及融合反烏托邦、科學／科幻論述、魔幻寫實等複合的變形美學特徵。生態意識不只是引領出重要的社會關注主題，也隱然協商出新的寫實主義書寫模式。

1. 從政治小說到生態小說

　　書寫自然，在小說結構中通常是放在敘述的部分，夾雜在人物描寫與對話之外的段落。寫景，托喻角色的心情處境或者暗示情節發展的趨向。人與自然的關係，究竟是採取天工開物的積極開發，還是與天地齊一萬物並生的無為，傳統上都不是會用小說這種文學類型討論的議題。然而在戰後初期的台灣小說中，書寫自然卻隱然可見兩種不同立場的交鋒。在許多官方主辦的文藝刊物和出版叢書中，總是不斷強調大有為的政府如何開荒拓土建設台灣。相對於此，一些台籍作家不是呈現家鄉殘破荒蕪的面貌，就是以歸隱山林的說詞委婉地訴說無法見容於當局的憤慨。吳濁流更是直白的諷刺外來政權掠奪台灣的天然物產滿足擴張國力的野心，殊不知所有的文明建設最後總不敵大自然的厚生永續。這種看重自然環境、貶抑人為開發的態度，雖然與當代生態保育者的論述有所疊合，嚴格說來卻只是聲東擊西的假動作。在白色恐怖的高壓統治下，台籍小說家們技巧性地藉由敘事故事中較不容易被注意到的描述自然的段落，迂迴地抒發對當權者的批判[8]。

────────────────────

[8]　參見拙作，〈自然的寓寄〉，《空間／文本／政治》（台北：聯經，2015），頁171-200。

　　戰後初期隱晦的針砭策略，到了鄉土文學的年代逐漸化暗為明。為了提高經濟收入，台灣從五〇年代開始進行農業改革，包括以經濟效益決定種植作物的種類和方法、生產銷售的方式、大量快速的開發農地，然後又在朝工業化生產的轉型中忽視傳統農業社會中的住民、習俗與景觀。種種振興改革的措施的確改善了台灣的總體經濟、卻也侵蝕了底層人民生活的空間，在土地與環境上造成不少至今難以復原的傷害。雖然一開始未必是有意識地進行政治性批判，鄉土文學的作家們卻以他們熟悉的小人物的遭遇處境暴露了政府文宣掩蓋下的陰暗面，讓讀者透過對人物的同情共鳴進而反思經濟掛帥的後遺症。黃春明與王禎和寫出了農村小人物在生產結構轉型衝擊中跟跟蹌蹌謀生、維護著家庭或尊嚴的掙扎，王拓寫著漁村與小市鎮的群像，楊青矗則關注新興加工區裡作業員們勞資問題。越來越多的問題意識的出現，讓鄉土小說從早期關懷個人的性質加溫至探究結構性、整體性的社會問題小說。宋澤萊的《打牛湳村》系列已經從農民和景觀的刻畫進一步探究到結構性的產銷和分配制度，以至於鄉村到城鎮各層級的官商勾結網絡。這些文本中不乏描繪山川田園的優美雋永，甚至對先人耕作勞動方式中蘊含的保育共生以及傳統生活的智慧價值多所肯定。只不過，在台灣當時高壓極權統治的體制內，能夠這麼大規模破壞生態環境、衝擊傳統社會結構與人文風俗的力量，絕

非少數惡人的勢力。究其決定性元凶,執政者與其政策必定要
負最大的責任。延續這樣的文學傳統,當鄉土文學出身的大將
宋澤萊寫出第一本聚焦在環境保育議題的小說《廢墟台灣》
時,不意外地,伴隨著生態意識的是猛烈的政治批評[9]。

　　出版於1985年的《廢墟台灣》是一本未來式的預言小說,
故事年代設置在2015年,由兩位外國學者冒險進來已成鬼域
的台灣探討真相[10]。其中一位政治學者曾經在2001年來台灣做
過研究,一年後即因身體受不了島上嚴重的空氣汙染和髒亂
離開,不料2010年島上發生神祕巨變,幾千萬住民一夕之間滅
絕,被國際組織宣布為恐怖的禁區。由於台灣在滅絕前五年就
突然實行鎖國,斷絕一切人員的出入境,與世界失聯,到底這
期間發生了甚麼事情變故完全不為人知。兩位外國學者冒險進
入台灣之後,發現已經是斷垣頹壁、蔓草叢生的廢墟,久久才
會竄出一隻變體的動物,倖存的人口已經寥寥無幾了。就像魯
迅〈狂人日記〉的體例一樣,外國學者雖尋友不至,卻得到
一本知識分子的手記,記載了末日來臨前的種種亂象與政治
暴行。簡單整理出的線索是,台灣以經濟掛帥的發展模式造

9　宋澤萊從鄉土到生態批判的文學轉向,參見吳明益,〈環境傾圮與美
　　的廢棄:重銓宋澤萊《打牛湳村系列》到《廢墟台灣》呈現的環境倫
　　理觀〉,收入吳明益,《自然之心:從自然書寫到生態批評—以書寫
　　解放自然book3》,頁119-155。
10　宋澤萊,《廢墟台灣》(台北:前衛,1985)。

成浮塵噪音等各式環境汙染，至1990年已建置的十座核能發電廠，九〇年代中期已陸續有輻射外洩，其中一座核能電廠於二千年嚴重外洩導致二十萬人死亡。面對環污的急遽失控，2001年的執政者「超越自由黨」不但不反思經濟發展的政策及其造成的公害後遺症，反而以前所未有的高壓統治，控制所有的言論、藝術、教育與組織，並封鎖國內外的訊息傳播。在知識份子集體噤聲服從、輿論思想掌控於一言堂的狀況下，執政者洗腦一般大眾，並且變本加厲強化感官聲色娛樂的刺激讓民眾自惡化敗壞的現實中逃避。當核能再度外洩的消息證實長久以來民間對廢墟警訊的傳言，原本溫和軟弱的反抗勢力逐漸抬頭，超越自由黨乾脆逕以戒嚴和武力鎮壓屠殺異議者，甚至利用視覺新科技來操縱群眾的意識。一意孤行的後果最終導致在北部核電廠爆炸，全台生靈大滅絕。

小說裡執政黨對各種意識形態國家機器的操弄以及如何捕捉、審判和殺戮反對民眾的技術細節，取材自戒嚴時期國民黨的統治暴力史，不必熟讀台灣史的讀者也會有種熟悉感。這本出版於1985年的小說，藉著與喬治歐威爾（George Orwell）鉅著《1984》（*Nineteen Eighty-Four*）（1949）明顯的互文，指桑罵槐的用意不言可喻。難怪龍應台直接以〈台灣的1984〉作為書評篇名，指出「政治的影射與批評是《廢墟台灣》最著重

的主題。」[11]龍應台認為，《廢墟台灣》描繪的環境汙染與高
壓政治只是把現存的現象放大誇張而已，並非是天馬行空的想
像。可惜泛政治化的觀點使得小說中生態災難、庸俗文化、傷
風敗德等不同的亂象源頭，都簡化為執政黨的專斷。龍應台認
為此書最成功的部分不在於政治理念的宣揚與各種天災人禍的
奇觀式鋪陳，反而是以女主角為中心展現的「田園、唯美、溫
柔」的美麗世界[12]。龍應台以新批評觀點反對文學過度政治性
雖有其美學立場，不過在所有重大工業、交通、經濟、文化建
設一律得由政府核准的一條鞭決策體制下，個人或民間企業所
造成的公共影響頂多如九牛一毛。置身政治凌駕一切的集權社
會裡，宋澤萊劍指執政當局的立論不乏其客觀依據。然而龍
應台卻也敏銳地指出，政治批評與生態美學並非是併行無虞
的，兩者的因果關係並不一致。過度的往政治批評傾斜固然模
糊了生態書寫本身的價值與特色。但無奈的是，正是透過台灣
社會上不斷的政治批判與環境論述，生態小說得以逐漸從政治
小說的大框架中脫穎而出。

　　受惠於八〇年代以來各種環保運動的呼籲，台灣在公私
領域的清潔維護、物種的保育等等生態意識與實踐上有漸入佳

[11] 龍應台，《台灣的1984—評《廢墟台灣》》，《當代》創刊號
（1986.5），頁149。
[12] 同上註，頁150。

境的進步。政府部門一方面成立專門機構推動環保回收政策和制定環境汙染保護條例等法規，另一方面仍舊脫離不了經濟掛帥的考量和官商勾結的既得利益，不但對大企業和和不肖業者的非法作為視若無睹，某些公家部門甚至帶頭破壞生態。其中，核能電廠不時傳出的小事故最令人憂心。台電公司多年來總是掩飾機房內部真實的狀況，並且運用專家背書和媒體輿論強調核能發電的安全與必要，以確保目前三座核能電廠的運轉和興建中第四座核電能如期於2015年正式啟動商轉。2011年日本311地震引發的福島核電廠爆炸以及輻射外洩的事故，震撼了將四座核能電廠都蓋在海邊的台灣社會。一連串核能外洩的危險以及對生命和環境帶來無可挽回的傷害，具體殘酷地展示在人民眼前，讓民間反核的運動前所未有的激昂。面對沸騰的反對聲浪，執政當局仍一意孤行，堅持讓施工品質低劣猶如不定時炸彈的核四完工後啟用。出版於2013年的《零地點》明顯的屬於反核運動中的文學行動。伊格言不諱言此書背後強烈且急迫的創作使命——廢核四，而廢除核能確保環境永續的前提自然脫離不了政治批評。

　　因為廢核的時限性，《零地點》設定的時間在2017年，離核四正式商轉且立即發聲核災浩劫的2015年約一年半後。彼時宜蘭、基隆、台北、新北等北部縣市已經成為封鎖禁閉的輻射災區，總統頒布首都南遷、順勢延長總統任期，本該為核災負

的維護，而其中的關鍵恰在從政策上撥亂反正，《複眼人》關注的雖然也是台灣生態環境，但卻將之放在一個多邊的全球體系來討論。更有甚者，在有形可見的物質環境之上，還有文字藝術等符號象徵體系以及神話、記憶、情感；從古老的文明以致現代科技知識，環環相扣，如蝴蝶效應般交應牽連，每一個體系都無法單獨成立。猶如書名一般，重層的敘述觀點呈現的是宏觀的世界體系：國內與國外、自然與人文、動物與植物、過去與現在、現實與虛構的相互關係。這麼大範圍的探討，任何問題是無法切割單獨討論的，即使是島內的生態維護也不能只從國內政治上來改進。跟前面兩本小說相比，這本小說的生態論述已經不再隸屬在台灣政治小說的分層底下，而是獨立出來、符合最嚴格意義上的生態小說。饒是如此，政治批評還是免不了，每當寫到台灣內部問題時，小說家的社會批判力度就強烈起來。尤其是小說主要的背景東台灣，小說更明白地透過在東部學院任教的女主角阿莉思的視角諷刺所謂的台灣後花園，「這地方原本是原住民的，後來是日本人的，漢人的，觀光客的，現在則是不知道是誰的，也許是那些買地蓋農舍，選出腦滿腸肥的縣長，最後終於把新公路開通的人的吧。公路建成以後，海岸和山間布滿了各式各樣異國的建築，每一幢都不道地，簡直像開玩笑蓋的世界民俗文化村，但這些有錢人通常只有假期才出現，到處都是廢耕的土地和空蕩

蕩的房子。」[14]短短幾行素描，不僅橫掃政府、財團、族群以及一干為權力利益背書的專家學者對天然資源與其他物種的掠取，更對數十年來假借環保、鄉土認同之名牟利的觀光文化與都市更新的淺薄喧嘩、甚至實際上加速造成自然景觀的破壞，提出深刻的反思。

　　從1980年代到2010年後，台灣生態小說脫胎並脫穎出政治小說的趨勢逐漸明朗。《零地點》將生態的因果繫之於政治、而《複眼人》只將政治視為生態圈中的一環，兩者的關係與位階雖然各有輕重，生態主題成為書寫議題的獨立性已經確立了。只不過截至目前為止，台灣生態維護的關鍵似乎還是操之於政府與政策，因此感時憂國的政治批評依然無法從生態小說裡脫身。然而，批判性的社會寫實雖然源自台灣的時空與文學脈絡，如何表述和傳遞當代複雜的環境論述並非乞靈傳統就能自給自足的易事。種種域外的文學經典和美學模式成為滋養台灣當代生態文學的重要養分。

2. 變形美學

　　台灣生態小說中的政治批判企圖很大程度上已經決定了

---

[14] 吳明益，《複眼人》（台北：夏日，2011），頁28。

某些書寫的方向。對於現實社會的不滿與諷喻使得小說裡的世
界充滿了各式的醜陋與扭曲變形。這使得小說基調雖以寫實主
義為主，卻必須借用許多變形的技術，放大誇張奇行惡狀或者
顛倒善惡、美醜、正常異常，預警放任現況而導致的災難。這
種預言性的諷喻使得它們在想像未來的傾向中隱含了反烏托邦
與天啟示小說的元素，然而呈現不可知的未來感以及生態科學
的知識又必須要借助其他的敘事技巧。因此現實與未來、人文
與自然、文學與科學，在生態小說中形成有趣的張力。

　　烏托邦小說與反烏托邦小說是想像未來世界的兩種極致
路徑。烏托邦（utopia）小說是描寫理想的社會，幻想此間一
切法律、道德、社會、政治、經濟條件均是完美狀態，而反
烏托邦（dystopian or anti-utopian）小說則是惡夢成真。反烏托
邦小說通常具有強烈的諷刺層面，警告目前某些趨勢未來發
展的嚴重後果，例如贊米亞亭（Yevgeny Zamyatin）的《我們》
（*We*）（1924）、赫胥黎（Aldous Huxley）《美麗新世界》
（*Brave New World*）（1932）[15]。反烏托邦小說裡的新世界乍看
井然有序、安和樂利，但這種人造的伊甸園往往是由某些違背
人性、超乎人性的絕對勢力所操控制約而成。《廢墟台灣》與
《零地點》裡面的邪惡勢力當然是動員一切國家機器遂行私利

---

[15] Keith M. Booker, *The Dystopian Impulse in Modern Literature: Fiction as Social Criticism*(Westport, CT: Greenwood Press, 1994).

的執政黨。不過即使是對未來社會的想像，我們卻可以發現戒嚴時代的恐怖陰影一直縈繞不去。兩本小說裡的台灣同樣呈現一種鎖國的封閉狀態，浩劫發生之前執政者就陸續對國內外封鎖訊息，災難爆發後更是與世隔絕。寫在戒嚴時期的《廢墟台灣》如此，連解嚴後的《零地點》也是如此。《1984》裡無所不在的統治強人老大哥，在這兩本小說裡雖然不以個人形象或肖像出現，卻分身為電視、電腦螢幕或街頭錄影機，鋪天蓋地注視監視著每個人。媒體原本的傳播溝通功能在霸權統治下，不僅切斷國內與國際通訊的管道，也無法形成國內不同論述對話協商的平台，只成為政令宣導與洗腦的單向度擴音器。台灣歷史的創傷似乎成為政治潛意識，成為未來想像中絕對不能再度降臨的惡夢。

　　《複眼人》的烏托邦方式比較曲折隱晦。小說沒有設定一個明確的年代，雖然有一些超現實性的描述，但是文本裡的台灣跟現在式的台灣大致相符：有許多不公不義、汙染暖化的問題侵蝕著地形地貌，不過尚未完全沉淪崩毀。相較於台灣代表的一個不完美的現實，文本型塑出一座虛構性的島嶼「瓦憂瓦憂」宛如世外桃源。根據上古的傳說，瓦憂瓦憂島民原來是深海的民族，因為過度開發濫捕後觸怒了神祇降禍滅族，倖存的族人遷徙至陸地小島上，依靠島上有限的資源和附近海域，遵循最原始簡單的方式捕魚維生。為了維持一定的人口

數，每一戶人家的次子都必須在滿十五歲生日當天離島，形同海葬。瓦憂瓦憂島的自然原始，島民親愛純樸、不知有外人、外界也不知此島的存在。吳明益耗費許多篇幅營造這個虛構種族與島嶼的文化與生活方式。雖然是鎖國，讀者在閱讀全書幾近終卷之前可能以為這個小國寡民、與世隔絕的原始社會是作者心中的烏托邦，以最儉樸節制的謀生繁衍模式照鑑台灣這個跨國資本主義剝削汙染下的變形島嶼。除了台灣和瓦憂瓦憂這一實一虛的島，海洋上還漂流著幾個由環太平洋陸地和船舶油井傾倒廢棄物匯聚而成的垃圾漩渦，這堆歷數十年都無法分解的文明垃圾和其孳生的傷害性物質面積大到足以稱為垃圾島，隨著潮流強弱對經過的陸地造成威脅。毫無預警的諷刺是，小說終章前七頁時這個與世無爭的瓦憂瓦憂島竟然被全球現代化製造的垃圾漩渦一夕毀滅。另一個諷刺是，遵循次子規定出海的瓦憂瓦憂阿特烈卻在海難中靠著垃圾島續命而且短暫來到台灣認識女主角阿莉思，而他的懷孕的愛人也在追隨他的行蹤出海後被另一座垃圾島搭救，最後在產下兩人結晶後過世。靠著垃圾島，阿特烈與他謀面的兒子成為瓦憂瓦憂島唯二倖存的兩個人。

　　小說結尾選擇毀滅無辜的受害者瓦憂瓦憂島而非台灣或其他「罪有應得」的國家，不僅帶來了閱讀上的意外震撼，更深刻的意義在於凸顯作者的生態意識有別於消極保守的懷舊立

場。在全球化的連鎖體系中，任何地方與物種都無法遺世獨
立，即使「只是安靜地活在世界的角落」[16]。作者在文本中常
常透過不同國家、種族、職業的人物交談，對人與人、人與其
他物種、人與環境的關係提出各種角度的辯證。所有對話都沒
有簡單明確的答案。但是經由角色和情節的連動中讀者看到萬
物萬事的環環相扣、相生相扣：想死的阿莉思因為一隻流浪貓
而有生機、垃圾漩渦可以滅島也可以是阿特烈和女友的諾亞方
舟、挪威漁夫阿蒙森晚年放下屠刀成為反捕獵悍將最終死於海
豹獵人棍下後成為海豹食物、他的女兒將幼年對父親與海洋的
怨懟轉化成為扎實強悍的海洋生態學家、與她立場針鋒相對的
鑽探技術工程師卻對她一見鍾情……種種傷害與救贖的環節
衍生沒有一定的道理，有意外的殘酷，也有意外的溫情。唯
一確定的是，孤立與鎖國都不會是理想國。在《廢墟台灣》
和《零地點》中作為統治者單一視角的鏡頭意象，在《複眼
人》中轉化成為昆蟲類的複眼，以尊重「一花一世界、須彌藏
芥子」的無窮排列組合展現文明與自然的演變。作為小說書名
以及文本中神祕力量的「複眼人」，可以視為具有多元視角的
作者／讀者或全書的敘述結構、或是全知觀點的神祉、造物
者、大化，抑或就是有形無形的大千世界的運作模式。

---

[16] 吳明益，《複眼人》，頁358。

　　這三本小說如何描寫浩劫毀滅作為反烏托邦的寓言值得我們接續討論。當西方大眾開始意識到環境危機時，仿效聖經新約最後一篇末日預言而來的天啟式（apocalyptic）敘事是種常見的警告的方式，以猶如最後審判日來臨般的狂暴、恐怖與毀滅，為失控敗德的世界敲響喪鐘。知名的生態文學代表作，如卡森（Rachel Carson）的《寂靜的春天》（Silent Spring）以及艾爾利希（Paul Ehrilich）的人口爆炸（The Population Bomb）都運用了草木不生、飢荒、荒廢等末日的意象。有些生態文學甚至會描寫到物種的變形，畸形的物種或人與動物互變等等，特別是跟核子題材有關的時候[17]。西方天啟敘事與末日審判的宗教連結在移植到台灣文學時勢必產生斷裂。基督教義傳統裡的審判日概念在中華文化中並未形成普遍的認知共識，即使古典的佛教文學中有某些類似的審判賞罰故事，對於現代台灣文學的影響相當有限。浩劫降臨無非是一種震攝性的手段，藉以向不見棺材不流淚的愚蠢人類傳達某些超我的教誨與理念，台灣生態作家選擇以知識話語取代了任何宗教信仰，而神祕的力量和生靈就仰仗文學想像──科幻類型與魔幻寫實是其中最主要的養分。

---

[17] Carl G. Hendl and Stuart C. Brown eds., *Green Culture: Environmental Rhetoric in Contemporary America* (Madison: University of Wisconsin Press, 1996); David Herman, Manfred Jahn and Marie-Laure Ryan, *Routledge Encyclopedia of Narrative Theory*, 129-130.

　　隨著科技的發達與科學知識的專精，文學著作借助其他學科論述和科學邏輯來表述和想像人文處境的趨勢愈發明顯，連帶地使得當代生態文學在專業性、知識性含量上高於傳統的自然導向寫作。這三本探討台灣經濟開發與生態環境關係的小說當然必須有相當成分的理性分析作為立論基礎。《廢墟台灣》的記者主角，本身就具有紮實藝術理論素養，在破解各種環境異相的謎團過程中透過對各種專業人士的採訪和知識蒐集，向讀者傳遞了醫學、公衛學、毒物學、農業學、腦神經科學、核能放射科學等等資訊；他的猜測，最終被在浩劫後冒險來台的兩位外籍科學家證實。有趣的是，宋澤萊自己不僅宗教知識淵博，在另一部長篇小說《血色降臨的蝙蝠》中更大量使用宗教意象以及末日神話，但是在《廢墟台灣》中的浩劫描述卻非常理性科學。對生態議題投入最久最深的吳明益早就在研究中表明，「文學性的自然書寫是一種以文字表達倫理學、生態學、科學、史學、民族學的結合體，甚至還涉及了人類學、環境史等議題」[18]。因此他顯然對科學話語如何銜接文學敘述的技術非常警覺。《複眼人》儘管有不少知識性的片段，卻均勻穿插在不同的故事章節或是一些具有專業知識的專家們的對話和思考中，淡化這些專業論述的重量。反而是在純

---

[18] 吳明益，〈確定論述的邊界：何謂台灣現代自然書寫〉，《以書寫解放自然》，頁23。

科幻小說《噬夢人》中運用或編造過大量科技知識與技術的伊
格言，在《零地點》裡除了一些必要的電廠機件與運轉方式的
描寫，複雜的核能技術與數據儘量淡化成歷史記載，以新聞報
導的平實文字讓艱深冷僻的專家術語轉換成日常生活語言。因
為是已經發生的既成事實，核能災害並非危言聳聽。正如蔡建
鑫指出，正是依靠過去的歷史性知識，從俄國車諾比、美國三
浬島、日本福島到台電核電廠的不明事故，小說指證出一個可
能發生的未來[19]。

　　知識論述誠然提供了對危機的理解，如何製造出具有未
來感的浩劫，還是需要一些超乎現狀的認識論或科技文明。三
本小說中不約而同塑造了變形的物種，像是《廢墟台灣》中的
五足無尾貓、《零地點》和《複眼人》中兩個男主角的後代都
是畸形兒。對於難以呈現的浩劫歷程或者傷痛的記憶，後兩
本小說都運用了所謂的夢境顯像技術，在似真似夢的片段中
拼湊出殘缺畸零的真相。除了類科幻的物種與儀器，《複眼
人》更大量借助魔幻寫實的技巧去營造並毀滅虛構的瓦憂瓦憂
島。最明顯的神話性描述莫過於遵循島規出海罹難的次子們的
鬼魂，化身為抹香鯨群，梭巡在瓦憂瓦憂島鄰近的海域，等
著迎接下一個孤身出海的次子。在垃圾漩渦一夕摧毀家鄉與

---

[19] 蔡建鑫，〈知識傳播與小說倫理—以《零地點》為發端的討論〉，
《台灣文學研究集刊》16期（2014年8月），頁75。

族人時，所有的抹香鯨以決絕的態度集體擱淺在岸灘上直到
氣絕。自此瓦憂瓦憂島的人證物證與傳說，灰飛煙滅，一如
《百年孤寂》裡的被怪風席捲消亡的馬康多小鎮。

3. 小結

　　台灣的環保意識從八〇年代發軔以來，影響範圍不斷擴
大，不僅讓一般大眾對人文與環境的互動關係有更廣泛而深入
的認識，實質上的改進持續在思想、生活、經濟、科技與政
策等層面上產生效應，連帶衝擊了文學藝術的內涵與再現形
式。台灣文學向來與社會脈動的關係密切，從最先響應的散文
和詩一直到晚近的小說，生態文學的類型越來越多樣化。不從
正面描述自然之美以及維護之必要，本文探討的三本小說採取
批判性的浩劫啟示，藉由科幻、魔幻或烏托邦的美學幻術呈現
出物種的變形、時間的斷裂、空間的扭曲，震撼已經習於現狀
甚至為現狀背書的現代讀者抽離出來，從異時空裡反思所謂文
明的軌跡。

　　作為環保運動中的文學尖兵，生態小說與大多數具有行
動導向的台灣小說一樣，採用寫實主義來擬仿社會並進而諷喻
批判。然而生態文學內蘊的跨科學屬性，以及從嚴肅文學裡的
魔幻寫實主義和通俗文學裡的科幻小說汲取的元素，同時挑戰

了所謂「寫實主義」的文學界線。這種揉雜著政治參與、魔幻、科幻與科學成分的生態小說在內容和形式上已經有別於台灣寫實小說的範域了。顯然生態意識不只改變了台灣社會對自然環境的態度，文學類型與美學形式的疆界也隨之調整中。

311日本大震災啟示錄[1]

——多和田葉子[2]〈獻燈使〉與津島佑子[3]〈山貓之家〉

吳佩珍

國立政治大學台灣文學研究所副教授

---

[1] 本文日文引文，除另外註明，均由作者自行翻譯。

[2] 多和田葉子（1960~）畢業自早稻田大學文學部俄語學科，1982年起移居德國，1991年出道作品〈失去腳跟〉（かかとをなくして）獲得第三十四屆群像新人文學獎，1992年以《狗女婿》（犬婿入り）獲得第一百零八屆芥川獎，2000年自德國萊比錫大學獲得德國文學博士，2005年獲頒哥德獎以表揚其對德國文學的貢獻。其他著作有《雪的練習生》（雪の練習生，獲2011年野間文藝獎）、《捕雲的故事》（雲をつかむ話，獲2013年讀賣文學獎、藝術選獎文部大臣科學獎）。近著有《獻燈使》（2014）、《百年散步》（百年の散步）（2017）等。

[3] 津島佑子（1947~2016）初登文壇後，1972-73年連續獲得芥川賞提名，1976年以〈葎之母〉（葎の母）獲得田村俊子賞，之後獲獎無數。著有《奈良報告》（ナラ・レポート，2007年獲紫式部文學賞）、以一九三零年代台灣為舞台的《太過野蠻的》（あまりに野蛮な，2008年）、《黃金夢之歌》（黃金の夢の歌，2010年）。晚年作品有《杰克・多夫尼　海之記憶物語》（ジャッカ・ドフニ　海の記憶の物語，2016年），《狩獵時代》（狩りの時代，2016年）等。2016年2月18日因肺癌病逝，享年68歲。

1. 序言

　　根據日本典籍《日本三代實錄》（901）記載，2011年3月11日東日本大地震發生的三陸地域，此地域發生大地震最早的記錄能回溯至平安時期。最早的紀錄為869年7月9日發生的，史稱「貞觀地震」。雖然日本東北三陸地域之後仍有周期性來襲的大地震，但2011年3月11日的東日本大地震，規模之激烈以及死傷之慘重，幾乎與869年7月9日發生的「貞觀地震」不相上下，311東日本大震災因而被喻為千年再來的亙古大地震。從日本震災史來看，此一地震的規模並非空前，但所造成的傷害以及無可挽回的後果，至今仍在發酵。此次大地震所引發的海嘯，引發福島第一核電廠爆炸，導致輻射線外漏的不可收拾慘劇。福島縣第一核電廠附近遭受輻射汙染方圓三十公里區域內的居民，均被強制疏散隔離。除了因地震海嘯痛失親人，人們還被迫拋棄身家財產以及遠離家園。此外福島第一核電廠發生爆炸後導致的輻射外洩所造成的汙染，不僅無可補救，其後續效應還在擴散當中。

　　天災加上人禍，給日本帶來空前的浩劫，根據目前官方最新統計，死者高達一萬九千多人，失蹤者有兩千五百多人。正如木村朗子指出，震災發生後，無論任何人都壟罩於「非得做

些甚麼不可」的焦躁感。小說、電影、戲劇、漫畫、美術、音樂等各領域的創作者，均誠摯面對如此狀態的世界，「震災」催生了各個領域的新作品，「震災」文學也因此而誕生[4]。

　　日本女性作家中，多和田葉子與津島佑子均在日本311大震災與核災之後積極發聲，其一連串的文學作品，透過此次震災與核災的契機，積極省思日本的過去與未來。本文主要探討多和田葉子〈獻燈使〉與津島佑子〈山貓之家〉，二作如何各自以勾勒日本近未來以及回溯日本戰後史的敘事形式，省思日本311大震災所造成人類浩劫的核災與近代日本之間的關係。

2. 書寫反烏托邦（Dystopia）＝ 近未來日本——多和田葉子的〈獻燈使〉

　　身處地震帶的日本，本身便是地震列島。回溯日本文學史，有紀錄京都大地震的鴨長明的《方丈記》（1185（元曆2）年）、泉鏡花的〈露宿〉、〈十六夜〉、〈滅子菜〉（1923）以及宇野浩二的《思念之川》（1915）等都記錄或描摹了1923年的關東大地震。近者，則有村上春樹在1995年阪神淡路大地震後刊載於《新潮》的連續短篇〈在地震之後〉，以

---

[4]　木村朗子『震災後文学論　新しい日本文学のために』（青土社，2013年），頁9。

及2000年以單行本發行的《神的孩子們都跳舞》，日本的震災文學在其文學史中早有一席之地。

即使如此，311東日本大地震之後，日本文學界率先以此次震災、核災為題材發表作品的川上弘美，其〈神祇2011〉（《群像》2011年6月號），無疑是對日本文壇拋出一顆震撼彈。木村朗子指出：「對於核電與核能，長時間被迫處於被動與失語是為常態，除非是經驗豐富的運動家，否則要以自己的判斷，透過文字發信，是相當困難的。川上弘美的作品正是打開風穴的第一個突破口。」[5]木村接著指出，川上弘美的〈神祇2011〉「並非單單只是天災地變所引起的震災文學，而需將其定位於核電人災文學的起始，這樣一個全新的領域」。「因為來自地震與海嘯〔的災害〕應該能夠回復。然而恐怕任何人應該都無法逃離源自核能事故所引發的輻射線汙染吧。復原遙遙無期，之後也必須活在放射能汙染當中，在如此黑暗的將來中，只有無法挽回的懊悔念頭綿延不絕。新的震災後文學便成立於如此咬牙切齒似的悔恨之上。」[6]

從以上木村的引文，可知311日本大震災後日本文壇的概況。核災不僅撼動了日本，同時也撼動了日本文壇。311之後出現的災後文學也成為日本震災文學的新文類，多和田葉子

---

[5] 同註4，頁17~18。
[6] 同註4，頁21~22。

的〈獻燈使〉正屬於這個範疇。正如同災後許多日本作家，
多和田葉子旋即以此次地震與核災為題材進行創作。2012年發
表的〈不死之島〉（收入《それでも三月は、また》2012）與
2014年的〈獻燈使〉（《群像》2014.8.）可說是在同一延長線
上的作品[7]。多和田葉子表示〈不死之島〉是在震災之後極度
的不安當中所寫下的短篇，但即使完成之後也覺得不能就這
樣結束，一直認為更長篇的作品是必要的。此外，〈不死之
島〉是多和田訪問福島之前，在德國便寫成的小說。而〈獻燈
使〉則是到過福島，訪問在當地生活的人們之後，漸漸形成
的，不同型態的作品。「最初雖然打算將〈不死之島〉寫成
長篇，但發現那是不可能的。因此從不同的立足點再次創作
的，便是年輕人變得衰弱，而老年人卻死不了的時代的〈獻燈
使〉。」[8]寫於2012年的〈不死之島〉，設定時間在近未來的
2017年左右。「打算拿取護照而伸出的手，瞬間停了下來。年
輕的金髮查照人臉部痙攣，或是思考要如何開口吧，嘴唇微微

---

[7] 從環境批評觀點探討此二篇作品的斷絕性與連續性，同時比較二作異
    同者，有曾秋桂〈エコリティシズムから見た多和田葉子の書くこと
    の「倫理」—「不死の島」と「献灯使」との連続性・断絶性—〉
    《比較文化研究》119号，2015年）。如從多和田葉子就此二作創作
    過程的發言觀之，便可知此二作是以不同視點書寫同一主題的衍生關
    係。〈やがて"希望"は戻る—旅立つ『献灯使』たち〉《群像》70号
    （2015年1月），頁224。
[8] 多和田葉子×ロバートキャンベル〈対談　やがて"希望"は戻る—旅
    立つ『献灯使』たち〉《群像》70号（2015年1月），頁224。

地顫抖著」的開場，描述敘事者「我」因持日本護照而遭到德國海關「歧視」，呈現災後近未來的日本成為世界的禁忌，被迫鎖國的狀況。2015年之後政府轉為民營，而日本再次遭受大地震襲擊，又有四個原子爐崩壞。雖然政府宣稱無任何輻射汙染外洩，但無人相信。老年人為輻射線剝奪「死亡」能力，年輕人無法「站、行、視、食」。東京都內男女均手腳赤裸，足著草鞋，通勤上學。在家中則赤身裸體。「因不被視為是文明人，有遭到被殖民危險的可能。」[9]

　　〈獻燈使〉承襲了〈不死之島〉中日本被迫「鎖國」的主題。舞台為近未來的日本，因為遭遇地震與海嘯的侵襲，同時發生了「非自然災害的」災厄，東京遭遇「無可挽回」的複合性危機，人們從東京都心消失，日本也因而遭到大陸國家的「嫌惡」，被迫鎖國。日本各大銀行倒閉，警署與政府也民營化，汽車與網路消失，人們居住於不使用電器製品的臨時住宅，物物交換成為經濟主流。孩子們的細胞遭到破壞，骨頭變得脆弱，身體產生變化，甚至導致生理性徵的轉變。另一方面老人們則長壽有元氣，即使年過百歲也不死亡。主人公是名叫「無名」的二年級小學生，為即將年屆一百零八歲的曾祖父・義郎撫養。義郎的日常主要工作便是照顧無名。他是位作

---

[9]　多和田葉子〈不死の島〉《献灯使》（講談社、2014年10月），頁190~199。

家，初次挑戰創作歷史小說〈遣唐使〉，由於當中使用過多法律禁止的外國地名，只得放棄發表。由於無名的腳從膝蓋內側彎曲，如鳥一般，只能緩慢行走，而體內肌肉則與日俱增。義郎認為人類朝著意想不到的方向進化，將來或許都跟章魚一樣在地上爬。無名的班導師夜那谷是「獻燈使會」的成員，為了日本的孩子，挑選適任的人才為「獻燈使」，遣送至海外。除了研究日本孩子的健康狀態，同時也能作為海外逐漸出現類似現象的參考。一轉眼，無名十五歲，但已無法自行行走。在夜那谷老師的請求下，打算偷渡到印度的馬德拉斯，這裡的醫學研究所正等待無名等「獻燈使」的來臨。無名前往橫濱港途中，遭遇曾是其鄰居的女孩睡蓮，同樣也坐著輪椅，似乎也要偷渡前往國外。但兩人的輪椅滾落在沙灘上，無名的生物性徵轉為女性，同時掉入黑暗的海峽深處。

　　〈獻燈使〉的作品篇名表記凸顯作者擅長的一語多義文字技巧，「獻燈使」即「遣唐使」的暗喻；而二者日語發音均為「Kentôshi」。主人公義郎的第一部也是最後一部的歷史小說也叫「遣唐使」，但因為「寫了大半之後才發現使用了太多的國外地名……為了自身安全只有丟棄，要燒掉的話太難受，因此便把它埋了。」[10]據史記載，「遣唐使」的派遣，是第七世

---

[10] 多和田葉子〈献灯使〉《献灯使》（講談社、2014年10月），頁46~47。

紀到第九世紀，日本派遣至唐朝的正式使節。最初遣唐使派遣
的主要目的在於傳入唐的制度與文物，而「這不過是為了形成
日本的古代國家而企圖模仿唐帝國的制度」[11]。此作當中「獻
燈使」的遣送，則是需以偷渡方式遠渡至印度，因為事關日本
年輕世代能否繼續存活，日本能否免於「亡國」。而這一切均
起因自日本「遭遇地震與海嘯的侵襲，同時發生了「非自然災
害的」災厄，東京遭遇「無可挽回」的複合性質危機」。

　　〈不死之島〉埋下伏筆，暗喻日本再度遭受震災襲擊，
同時引發更嚴重的核災，〈獻燈使〉則呈現之後因嚴重的輻射
汙染而受到其他國家的「唾棄」，再度被迫進入鎖國狀態的日
本。外來語（翻譯）、電力能源以及貨幣交易失去效力無法運
作，進入以物易物的時代，否定至今為止對「近代化」乃至
「現代化」毫無質疑的正面的進步價值。嚴禁外來語（包含英
語）的關係，因此所有外來語均以漢字與平假名表記。如，義
郎幻想自己前往機場搭機，訪問德國友人場景的描寫：「事實
上前往的電車已不存在……出了機場航廈站的剪票口，由於無
人進入機場內的通關處，因此也無須出示護照。寫著「他民那
魯」（註：Terminal，日文原文為「民（たみ）なる」）」[12]。

---

[11] 「遣唐使」項目（鈴木靖民）日本大百科全書（ニッポニカ），Japan
Knowledge, http://japanknowledge.com，（參照2017-04-06）
[12] 多和田葉子〈献灯使〉《献灯使》（講談社、2014年10月），頁36。

新制定的國定假日中，有慶祝網路完全消失的「御婦裸淫日」（註：日文讀音為Ofurain，即off-line），而乾洗店則被稱為「栗人具（くりにんぐ）」（註：日文讀音為Kuriningu，即cleaning）。

明治維新以來，一直是日本政經樞紐的東京，災後的東京二十三區被認定為「長久居住會有暴露於複合式危險的地區」，地價、房價暴跌，多已無人居住，許多人移居至多摩到長野縣之間。東京多摩地區尚有許多人口，但由於沒有產業，越來越貧困。在東京都，臨時住宅脫離電器製品的生活已經成為全國最先端的生活樣式。此外，由於本州天候不順，狂風暴雨與乾旱輪流來襲，幾乎無法生產任何農作物。由於北海道不接受移居者，導致東京人口外移至沖繩。沖繩各島農場以「馬車」運輸農產品，九州則有好幾家擁有巨大運輸船的運輸公司，幾乎都用來運送農作物到日本全國各地。在「鈔票、股票、利息全失靈的時代，以能以物易物的對象為優先」[13]，高價的水果幾乎都流通到東北、北海道，流到東京者，僅有少數。

老人既健康又長壽（似乎為輻射汙染剝奪了死亡的能力），所謂「老人」，如主人公無名的曾祖父・義郎，普遍年過百歲。這時代，進入七十歲為「年輕老人」，進入九十歲才

---

[13] 同註12，頁60~61。

被叫做「中年老人」。而兒童的死亡率極高，對無名而言，「不僅空氣，連每天入口所有的食物都是挑戰者」[14]。小學時期還能稍稍自行行走，十五歲時必須倚靠輪椅，最後身體的生物性徵甚至發生變化。這樣的變化，在義郎與德國麵包店老闆的對話中，對於進化與退化，進行了如下「逆行思考」的一番論述：「從前雖然瞧不起軟體動物，說不定，人類正朝著誰都料想不到的方向逐漸進化，或許近似於例如說像是章魚。看著我家曾孫，我這麼認為。」「從前的人們或許一定認為人類變成章魚是退化，但事實上或許是進化。」[15]

作者以其對語言的敏銳特質以及辯證結構的敘事方式，在〈獻燈使〉中，將近未來日本形塑成「反烏托邦」（dystopia）世界。與「現代化科技」密不可分的「核電能源」，一夕之間化作「非自然災害」的災厄，摧毀了日本近代以來追求的價值觀，也解構了日本自明治維新以來追求的近代化目標。

1886年的明治維新，終結了日本在德川幕府封建制度下的鎖國時代，以歐美「先進」諸國為師，接連打敗了中國與俄國，之後擴張成為日本帝國。第二次世界大戰日本敗戰，日本投降，讓戰事短縮的，則是美國於1945年8月6日與同年8月9日分別於廣島與長崎投下的原子彈，日本成為人類史上首次遭遇

---

[14] 同註12，頁109。
[15] 同註12，頁20~21。

原子彈攻擊的國家。[16]日本戰後被聯合國嚴禁研究原子能，然而1952年簽署了舊金山講和條約之後旋即解禁。2011年311大地震引發核電廠爆炸，發生核災後，這才赫然發現日本擁有五十四座核能電廠，高居世界第三名。

　　回顧日本這段弔詭的歷史，多和田葉子〈獻燈使〉的作品世界意欲凸顯的「虛構的真實」[17]，除了對其描寫的近未來日本世界到來的不無可能性發出警鐘，對於近代日本被摧毀，倒退回到前近代的「江戶時代」，也並不全然悲觀。〈獻燈使〉最後，無名掉落黑暗的海峽深處，乍看之下是悲劇的結局，但誠如中條省平指出，「一想到無名化作女性，變成

---

[16]　在戰後日本，這段慘痛的歷史綿延不斷地以形形色色的敘事方式，出現於各種媒體。日本現代文學中被稱為「原爆文學」者，以自身「被爆者」經驗為創作的，有大田洋子的〈屍之街〉（1948）、原民喜的〈夏之花〉（1947），乃至井上廈（井上ひさし）以廣島原爆為舞台的戲曲《若與父親生活》（父と暮らせば）（1994），均為此範疇的代表作。近年日本電影則有山田洋次以長崎原爆為題材拍攝的《我的長崎母親》（母と暮らせば）（2015），以及改編自紅野史代漫畫原作的《謝謝你，在世界的角落找到我》（この世界の片隅に　2016）等。美國前任總統歐巴馬在卸任前夕，於2016年5月27日訪問廣島並發表演說，被視為是誠摯面對此段歷史，並對此段歷史釋出和解善意的首位美國總統。其於廣島的演說刊載於紐約時報，全文如下。https://www.nytimes.com/2016/05/28/world/asia/text-of-president-obamas-speech-in-hiroshima-japan.html?_r=0

[17]　多和田在對談中提出，就日本目前的高齡化人口逐漸攀升，而年輕人口減少，體力也逐漸衰退的現況，未來老年人勢必得負起支撐社會的責任。就此點看來，〈獻燈使〉或許不能視為「未來小說」。多和田葉子×ロバートキャンベル〈対談　やがて"希望"は戻る──旅立つ『献灯使』たち〉《群像》70号（2015年1月），頁216。

章魚，能夠在海裡游，便覺得是非常正面的ending。他接受人類進化的極限形式，朝新世界游去。」[18]以上的解讀與義郎的話：「從前的人們或許一定認為人類變成章魚是退化，但事實上或許是進化」，有異曲同工之妙。作者似乎也正透過這樣的反喻，反問我們：近代化或現代化代表的，是否真為人類的進化？

3. 日本戰後史與311後的日本核災
——津島佑子的〈山貓之家〉[19]

　　身為全共鬥以及女性解放運動世代，同時深具濃厚人道主義以及社會關懷的作家，津島佑子在311日本大地震以及核災之後，對此議題的發聲當然不缺席。震災與核災發生後的第一時間，津島佑子便以文學創作採取行動實踐。她透過中英日韓等多國語言所發表的〈東北關東大地震後一周〉[20]，以報導文學角度詳盡描述震災發生後的關東地區，毫不留情地揭露日本政府與東京電力的應對無方以及企圖與媒體（特別是國營媒

---

[18] 吉增剛造×中条省平×長野まゆみ〈創作合評　第462回〉（《群像》2014年9月），頁377。

[19] 《ヤマネコ・ドーム》最初發表於《群像》2013年1月，同年5月由講談社出版單行本。

[20] 此文中文譯文由吳佩珍翻譯，發表於2011年4月6日台灣聯合報副刊。

體）聯手掩蔽核災實際狀況的內幕。同時她與藝文界人士，如柄谷行人等著名評論家走上街頭進行反核抗爭，津島佑子的社會實踐與其文學實踐一直有緊密的結合。

〈311與我——省思東日本大地震：為何情勢演變至此？〉以及於2012年元月發表於《文學界》的〈植物的時間‧我的時間〉兩篇隨筆，是311震災以及福島核災發生之後，津島佑子對於人類近代文明包括日本明治維新之後的日本近代化進程，所發出的深刻省思與沉痛批判的警世文。〈311與我——省思東日本大地震：為何情勢演變至此？〉面對311東日本大地震所引發的福島核災，她重新回顧日本自明治維新以來時至今日的近代化，認為一路走來，是一場對近代文明的「誤解」，而311的這場核災，則暴露了日本扭曲的「近代化」現實。她同時認為，要改變社會結構，則必須要徹頭徹尾地重新反省至今為止何謂所追求的「近代化」。

2013年元旦津島佑子發表於《群像》的《山貓之家》（ヤマネコ‧ドーム）是繼《葦舟，起飛了》（葦舟、飛んだ）其一系列解構日本近代國家神話的小說；也是其結合日本戰後史與核災的議題，對日本近代進行批判與反思的作品。有關《山貓之家》的題名，在小說最後，作者引用了竹峰誠一郎的報告，暗示此作品名的靈感來自「魯尼特島之家（Runit Dome）」。魯尼特（Runit）島位於埃尼威托克環礁

（Enewetak Atoll），1948~1958年美國於此地進行核彈試爆，並強制遷移此處的居民。1980年，居民被允許返回島上，發現好幾個島因核彈試爆而消失。此外美國為了儲存因核子試爆產生的龐大核污染廢料，便在島上蓋了高75公尺，直徑110公尺的水泥圓頂建築物，名為「魯尼特島之家（Runit Dome）」[21]。正如津島佑子指出：「對社會不方便的，以及人們不想直視的東西蓋上蓋子藏起的，可說便是『魯尼特島之家』」[22]。《山貓之家》描寫的是日本不堪直視的戰後史，直指日本戰後美軍占領期的美日混血兒問題與311大震災後的福島核災問題，是「美日協力」下的產物。

以美國占領日本期間誕生的美日混血孤兒為主題，《山貓之家》的時空橫跨日本戰後至311大地震與福島核災發生為止，題名的山貓，即暗喻這群異種的美日混血兒。小說主要以三位青梅竹馬的主人公Michi（道夫）、Kazu（和夫）與依子為主眼。Michi與Kazu都是日本戰後美軍進據日本後，與日本女性之間生下的美日混血兒。Michi與Kazu還在強褓時，在同一天分別在不同的地方為人拾獲，之後進入朝美媽媽所營運的專門收容美日混血兒的「設施」。三歲時兩人同時被

---

[21] 津島佑子《ヤマネコ・ドーム》（講談社，2013年5月），後頁。

[22] 〈インタビュー『ヤマネコ・ドーム』〉─隱された「戰後」をたどり直す〉《群像》（2013年7月），頁182。

「媽媽」八重子所收養,依子的母親與「媽媽」八重子為表姊妹,也因此依子與Michi和Kazu有青梅竹馬之誼。Michi是日本女性與白人的混血兒,而Kazu則有黑人血統。兩人七歲那年,「設施」的美日混血孤兒Miki被發現「臉朝下,橙色的裙子與長髮散了開來」[23],漂浮在Michi和Kazu家附近的水塘。Michi、Kazu與依子被認為可能目擊了事件發生的經過,或是目擊了兇手,甚或是將Miki推入了水塘…。關於殺害美琪的兇手有眾多傳聞,有人說是投擲在廣島原子彈的受害者,將其對美國的怨恨轉嫁至美日混血兒的身上。然而Miki死後深受殺人兇手的謠言所苦的,則是阿民(民也)。當時阿民是住在Michi和Kazu家附近的小學生,案發當時被目擊出現在水塘附近。阿民與母親相依為命,據說是為中國人拋棄,自「外地」返回的「引揚者」,母子因而飽受日本社會的歧視。成長之後的阿民,51歲時「在台東區內都立谷中靈園內某棵櫻花樹上,上吊身亡」[24]。一直未能發現兇手的這起懸案,成了這群美日混血兒對日本的「共同記憶」。

「設施」中的美日混血兒們,特別是日本女性與美國黑人士兵或因強暴或因相戀而產下的混血兒,難以在日本社會找到棲身之所,因此多半遠渡美國。Michi和Kazu雖然被八重子

---

[23] 津島佑子《ヤマネコ・ドーム》(講談社,2013年5月),頁94。
[24] 同註23,頁64。

「媽媽」收養，但仍難以見容於日本社會。兩人足跡遍及全世界，在各地放浪，尋找安住之所。英國寄宿學校，陷入左翼運動熱潮與挫折的巴黎，生長著繁茂的太古時期蕨類的南極植物園，以及許多漁民葬身的布塔列尼的海邊。在美國黑人民權運動風起雲湧之際，Michi們深深地為金恩牧師與麥爾坎X（Malcom X）的主張所鼓舞，但仍無法脫離日本對自己宿命的詛咒。Kazu在十年前從樹上意外墜落因而傷重過世，生前不停地詛咒：「日本列島最好從這世界上消失！日本是世界上最令人厭惡的國家！」[25]在311大地震以及福島核災發生之後，已屆耳順之年的Michi回到日本，回想著要是Kazu能早點離開日本，或許不會那麼早過世。在目擊福島核災襲擊日本的同時，不禁想起Kazu生前的詛咒或許已經成真。故事的結尾仍回到環繞當年死於水塘的混血兒Miki事件的當事者，以Michi與依子前往迎接阿民死後留下的孤零零老母做為終結。

　　故事一開始描寫因為在日本無法找到容身之所的Michi，長期旅居國外。就在震災連鎖反應引爆四座核力發電廠後，Michi「斷斷續續地聽見人們亢奮的聲音：日本是個曾遭受兩次原子彈攻擊的國家，居然還像這樣引起第三次核災，真是太糟啦！」[26]在這樣的情況下，Michi決定搭上飛機，「自己特意

---

[25]　同註23，頁11。
[26]　同註23，頁8~9。

進入。到底是因為想看看恐怖的景象？還是因為自己出生成長的日本這地方，發生不得了的事，因而坐立不安呢？」[27]就像打開了塵封已久的「魯尼特島之家」般，日本這場核災將Michi帶回日本，回溯這群美日混血兒以兇殺案為主軸所形成的日本「共同記憶」，也打開日本另一段不堪的戰後史。故事整體的起承轉合，都環繞著「核災」：311大地震引發的核災開啟了故事，而數十年前的兇殺案則可能是1945年8月遭受原子彈攻擊的受害者的犯行，但蒙上殺人罪嫌疑者，則是日本侵略戰爭中，被中國人拋棄、受害甚深的「引揚者」母子，也是戰後日本社會的最底層。當Michi與依子和阿民老母三人打算步出屋外時，小說結尾暗喻大家已無處可逃。「濃縮的輻射能實際上附著在地底、石頭、家家戶戶，為風雨所沖刷，在長到無計可施的時間當中逐漸轉移，給草木、鳥魚蟲獸還是人類都帶來了靜謐同時殘酷的疼痛。」[28]對於這無法逃離的疼痛，無論是生者還是死者——阿民、Michi還是Kazu，都發出了「為何？為什麼會這樣？」的反問。

　　與《山貓之家》同一時間所發表的隨筆〈植物的時間‧我的時間〉，津島佑子叩問自然界與人類相對於「時間」概念的思考，也是作者在《山貓之家》透過生者與死者執拗的追

---

[27]　同註23，頁8~9。
[28]　同註23，頁329。

問。她指出，因為核災事故，「現在我們人類遭到『永遠』這個概念的反撲。」為了超克有限的時間，人類發明了「永遠」這個理想，而這個「永遠」卻等同於輻射能的存在（有的輻射能殘存時間能長達二萬四千年！）這樣不幸的弔詭。[29]

4. 結語

晚年的夏目漱石於和歌山縣的演講〈現代日本的開化〉（1911年）指出人類開化的兩個動力來源；其一是為節省勞力，其二是為娛樂目的。但百年之前的夏目漱石早已點出個中的矛盾：「越開化，競爭更加激烈，而生活似乎越發困難。」「〔即使開化〕人類生活的痛苦並未有緩和的跡象。」[30]日本近代化的道路上，對於全盤西化以及近代化的目標，並非沒有過質疑。於一九三零年代出現，至一九四零年代全面遭戰爭論述挪用的「近代的超克」（Overcome Modernity）概念便是其中之一。但卻因為日本發動全面戰爭，此一概念遭到國策的意識形態動員，之後便被牢牢地貼上了國策協力的標籤，因而完全遮蔽了日本曾企圖對近代化提出反思的歷史。

---

[29] 津島佑子〈植物の時間・私の時間〉《文学界》（2013年1月）。

[30] 夏目漱石〈現代日本の開化〉《夏目漱石集》（一）（筑摩書房，1977年），頁407。

　　無論是多和田葉子的〈獻燈使〉以諷喻手法呈現核災後所逆行的近似「反近代」的精神，還是津島佑子的〈山貓之家〉以福島核災為楔子揭開國家長久以來企圖隱匿的不堪的戰後史乃至美日二國之間醜陋的共犯關係，二作都透過「何謂近（現代）化？」的叩問，省思日本甚至是人類近代以來所追求的結果：「為何？為什麼會這樣？」

韓國現代小說中的生態意識

崔末順

國立政治大學台灣文學研究所副教授

1. 生態文學在韓國

　　人類自進入現代化和工業化以來，環境問題自始即是公害或汙染等社會學領域中的議論項目。近年來，它更發展成為整個生態體系危機論述的重要議題。所謂生態是指生物在一定的自然環境下生存和發展的狀態，也是指地球上所有生物相互鏈結、彼此糾葛的關係網，人類在此關係網中，自然也是其中一個環節，因此，如果因某種緣故以致生態體系遭到破壞而出現危機時，人類的生存自會受到威脅。如此，原本被放在自然科學領域討論的生態學相關問題，隨著它與人文社會糾結一起的課題逐漸浮現，而成為現代文學敘事的重要題材。

　　韓國的文壇和批評界，開始正視環境問題當始於上世紀90年代。1990年，屬重量級雜誌的《創作與批評》和《外國文學》，先後推出「生態學特輯」，正式發出文學應重視生

態和環境問題的呼聲，[1]之後1996年和1999年的《實踐文學》
和《文學思想》也分別刊登「生態學上的危機和文學的進
路」，以及「生態文學」專輯，[2]引起了文壇和批評界的高度
關注。在此，為了瞭解韓國學界究竟是以何種角度探討文學中
的環境和生態保護問題，首先擬先觀察這期間被提起的相關名
稱、概念及內容。

在韓國學界，與環境或生態關聯的文學用語相當多，包
括生態文學、生態主義文學、文學生態學、環境生態文學、
生態環境文學、環境文學、生命文學、綠色文學等，不一而
足。[3]顧名思義，這些使用包含「環境」字眼的名稱，比較注
意環境遭到破壞的危機，主張文學應該積極介入，尋求保護環
境的途徑；而含有「生態」的名稱，則是站在生態學立場，去
探尋生態環境與人類社會發展的關係，進而循此提出文學應該
扮演的角色。其他以「綠色」或「生命」字詞命題的，則以生
態意識作為基礎，廣泛地探討文學中親自然屬性和生命的意
義。其中，「綠色文學」又分為兩個類型：一是硬性綠色文
學，是指以直接或明示的方式傳達生態意識的文學；另一為軟

---

[1] 李昇俊（音譯），《韓國現代小說與生態學》（首爾：圖書出版作家，2008），頁14。
[2] 金鍾星，《韓國環境生態小說研究》（首爾：抒情詩學，2012），頁17。
[3] 同注1，頁21。

性綠色文學，是指用間接或者默示的方式傳播生態意識的文學。[4]「生態小說」旨在探索生態系統與人類的平衡關係，並把焦點放在揭露生態系統遭受破壞，影響到人類生存，而試圖尋找治癒的方法。[5]「環境文學」則嚴肅地提出環境遭到破壞的問題，揭露及控訴現代化、產業化、都市化引起的汙染對人的居住和生活所帶來的威脅，並進而探究環境破壞與政府制定政策之間的關聯性。[6]在弄清這些用語概念的基礎上，本文擬以韓國現代小說為對象，考察這些作品如何反映生態意識問題。由於可作為考察的對象過多且涉及面向也廣，只能選出較具代表性的作家，分成兩種傾向來進行討論。第一種傾向屬於偏重「**自然生態**」的小說，這類小說充溢著批判文明和尊重生命的濃厚大自然和生態意識；另一種傾向屬於偏重「**環境生態**」的小說，著重在探討環境破壞和污染等問題。最後將概括性地提出包括片惠英作品在內的當今韓國小說如何處理生態問題作為總結。

---

[4] 金旭東，《生態學想像力》（首爾：種樹人出版社，2003），頁25。
[5] 金湧敏（音譯），〈文學與生態學〉，《生態文學》（首爾：冊世上，2003），頁97。
[6] 同注2，頁41。

2. 文明批判與對生命的敬畏

　　一般都認為文學特別是小說文類所能敘述的內容極為廣泛，因此，敘事當中如有涉及環境或生態的相關內容，我們都可用開放的態度和多元角度，找出其中的生態意義並進行詮釋。本節所要討論的對象，即是以此基準從韓國文學的重要作家當中，選出具有深層生態學意義的小說，以探究其所呈現的人類和大自然的關係。

　　第一位可優先提出介紹的作家為黃順元（1915-2000）。他的小說，評論界一般給予：「運用簡潔、抒情文體處理土俗題材，具有不脫民族體味的一貫風格；細膩且帶批判性的描寫社會百態和人情世故；洞察人的原初心理；常以舊事新編的方式傳達傳統知識」等的評價。[7]除此之外，黃順元擅長人物內心描寫，留下心理小說範疇的大量文本，而這些小說，大都呈現反現代文明世界觀，以及尚未受到文明影響的原始感性和重視生命等的生態意識，[8]而這些創作特徵，即可從綠色文學的概念來進行觀察。

---

[7]　楊善圭（音譯），〈黃順元小說的心理學結構〉，《韓國現代小說的無意識》（首爾：國學資料院，1998），頁11。

[8]　李南浩，〈一口水的意義〉，《文學的偽足》（首爾：民音社，1990），頁338。

　　在他的這類小說中常出現日常生活中的小動物。如早期小說〈氰化鉀〉（1948）中，黃順元非常仔細地描寫小雞的成長過程，以及主角人物對小雞的百般呵護情形。故事大略敘述主角人物小學老師發現自己養的小雞一隻又一隻的被小貓咬死之後，打算用劇毒氰化鉀來除掉小貓，不過，他在想像吃了劇毒之後死去的小貓樣子之後，心生不忍而打消念頭並放過小貓。小說相當細膩地刻劃出人物在照顧小雞時充滿著的愛心，因此看到小雞接連被咬死之後，氣憤難當，決定除掉小貓。這當中他內心的起伏波動，成為小說主要的緊張氛圍來源。人物非常喜愛小雞，並把小貓視為絕對惡的另一方，但即便如此，也不忍邊下毒手，畢竟小貓是有生命的動物，豈容隨意殺害？作者透過這樣子的生活周邊小故事，無非是要表現出所有生命都是同等重要的價值觀。

　　〈巷裡的小孩〉（1951）也有類似的心理刻劃。主角人物小孩從巷弄垃圾桶裡撿回一隻帶有花紋的小貓來養，他非常疼愛它、照顧它。不過小貓一天天長大，食量變大，餵食的東西開始不夠，小孩為了解決貓食問題，打算抓溪裡的青蛙餵養牠，但晚上卻作了被無數隻青蛙爭相啃咬的惡夢。細嚼夢境之後，只好把小貓送給鄰居小孩養。作者透過小孩掙扎的心理描寫，揭示生命不分彼此，也不論親疏，都同樣要受到尊重的觀點。以小孩作為主角人物的另一篇〈小牛〉（1961）當中，黃順元同樣是透過

少年和小牛之間流動的充滿憐惜的情感刻劃，強調對生命的價值重視。住在偏僻村落的少年養了一條父親從市場買回來的小牛，一開始小牛瘦巴巴的，但經過少年無微不至的照顧之後，漸漸長得健壯，少年對牠更是愛護有加，平常幾乎都膩在一起。可是此時韓戰爆發，軍隊到村莊搜刮所有能吃的東西，少年的小牛也差一點被拉走，由於他抵死抓住小牛不放，好不容易才保住小牛。後來戰爭打得激烈，少年一家也只好離開村莊走上避難之途，少年非常擔心不能帶走小牛，父親也說河水結冰還結得不夠堅硬，但是少年依然執意拉著小牛一起上路。作者在小說結尾，安排了少年和小牛在渡過尚未完全結成堅硬冰塊的河流時，不小心陷進河裡不幸喪身的場面，非常戲劇性地突顯了人和動物之間生死不離的深切友誼。在這些小說中，黃順元慣用小動物和少年作為題材，描寫他們之間的情感，營造出小動物和小孩間依戀不捨的溫馨感覺，使讀者不油然生起保護牠們的憐憫情緒，藉此來提升珍惜生命的情懷。

另外，黃順元在〈山中村的狗〉（1948）中，透過一隻流浪狗和老人間的故事描述，來借喻歷經日本殖民統治苦難，以及光復後在左右意識形態的矛盾衝突當中，仍然延續強韌生命力的韓民族處境。故事當中的小狗，隨著西北間島[9]的一群遊

9 「間島」是韓國人對中國和朝鮮界河圖們江以北、海蘭江以南的稱呼。從朝鮮時代開始即有大量的韓國人移往該地區開墾居住，且持續

民來到偏僻山村。餓壞的小狗到處翻找東西，卻被村民誤認為
瘋狗而遭到驅趕。後來村裡的老人發現以為已經餓死的狗不但
存活了下來，還生下五隻小狗，老人驚嘆感動之餘，開始照顧
母狗，並把小狗分送給村民飼養。小說特別援用額子小說[10]的
框架，以及傳統講故事的方式，交代母狗的後代繁衍擴及到鄰
村情形，不但給故事帶來強烈的真實感，也挑動了韓民族潛藏
的固有情緒，加深故事帶來的感動。黃順元用節制的文體深入
刻劃母狗無安身之處的困境，以及牠那堅韌的生命力，表現出
憐憫弱小生命和對生命的敬畏之心。此外，小說還完整交代流
浪狗的一生，以及其生命的消長和繁衍過程，演示出大自然循
環不息的道理。

　　另外，黃順元還在〈山村小孩〉（1949）、〈山〉（1956）
和〈狼圖〉（1950）三篇小說中，營造人類和大自然和諧共存
的理想空間。〈山村小孩〉結合山村風景和傳統故事，藉著少
年夢境娓娓敘述，一方面展現代代相傳的韓國傳統故事，另一
方面又訴說著少年的心靈成長。少年聽了奶奶講的被狐狸勾引
的故事之後，夢到同樣情境；聽了爺爺講白虎叼走小孩的故事
後，也夢到白虎，不過夢境出現的動物和人類互動密切；還有

到日據時期。滿洲國曾在這一地區設立間島省。
[10]　額子小說是指採用框架結構的小說。就如畫框般以外部故事包含內部
　　故事的形式構成，外部故事大部分採取第一人稱觀點，內部故事採取
　　第三人稱觀點，這種形式主要是以強化故事的真實性為其目的。

作為故事和夢境背景的「山」，與人類互不衝突，象徵的是能夠與人和平共處的烏托邦世界。加上作者以淡淡的語氣訴說著小孩的純真和鄉民的純樸人情味，為營造理想空間，增添不少效果。這樣的空間設置也出現在〈山〉中，故事的主角人物，出生於山，成長於山，因此他並不知道戰爭或敵軍的可怕，只要看到外人就很高興，流露出那種未被文明污染的純真本性如何與大自然和諧共存的樣貌。在〈狼圖〉中，作者想要強調的是，大自然就應該讓它以原有面貌維持下去，人們不應該任意毀損其中的任何存在者。這篇故事的主角人物偶然與日本人一起暫住蒙古人的偏僻小屋，後來日本人外出時，無視蒙古人的警告，開槍射殺了狼匹，結果卻反遭狼群攻擊致死。小說雖然以此借喻日據時期韓國、日本和蒙古的相互關係，但當中透過蒙古人口中所說：「在這樣的深山裡，無論是飛禽或走獸，甚至一隻小蟲也都不能隨意殺死，這是山裡不成文的規律」的話，傳達出人終究不能以文明利器企圖征服大自然，應該要順應大自然一切秩序的生態理念。

其後，在〈面具〉（1976）和〈樹木和石頭，以及〉（1975）中，黃順元進一步表露出人對生命本身的深層體會以及面對大自然的敬畏之心。〈面具〉故事雖然很短，但探討的是佛教輪迴與一物降一物的世界觀。出征的士兵受到刀槍之傷而倒下，他流的血滲進泥土，泥土長出蘆葦，蘆葦被黃牛

吃，農田歉收黃牛被賣遭到屠宰，市場上牛肉賣給顧客，而那顧客就是刺傷士兵的人。黃順元想要傳達的應該是自然界萬物互有關聯，每一個個別存在都與此關係網緊緊扣在一起，此與深層生態學的自然觀相當類似。而到了〈樹木和石頭，以及〉，黃順元的此一自然觀不僅適用於人和動物身上，還進一步擴大到樹木與無生物的石頭上面。故事主角是一位即將退休的大學教師，面對人生的另一階段，他對自己的教研生涯頓感空虛，回顧自己的人生時，特別有兩件事情讓他耿耿於懷：一為小時候朋友給的杜鵑花，因為沒有認真照顧以致枯死；另一為建造庭園時，原本放置院子一角的大石頭，因覺得不美而把它搬開。一株杜鵑樹的生命結束在自己的手中，以及憑著自己的喜惡而任意搬動石頭，這兩件看似微不足道的事，卻一直困擾著他。這種思維，相當接近深層生態學的生物平等主義原則，[11]也就是說，無論是有生物或無生物，只要存在於地球上的所有事物，都具備了維持他們本身生存的權利。作者特別安排無生物石頭發出聲音想跟教師對話的場面，教師聽到石頭所講的話，省悟到自己做為人的侷限性。之後又在偶然的機會，看到一陣強風吹來，巨大的銀杏樹上黃澄澄的葉子瞬間落光的壯舉，徹底領悟到所謂大自然的偉大和莊嚴，並不在於恆

---

[11] 金東煥，〈生態學危機與小說的對應〉，《實踐文學》1996，秋，頁231。

常「擁有」，而在於適時「掏空」。有了這些體悟之後，他開始坦然面對老去和人生的無常，而這與強調自然本來面目的東洋思維也相吻合。

黃順元小說中這些生態學意義上的自然觀，以及對生命的尊重和敬畏心，一方面與韓戰造成生命深受威脅的時代環境有關，另方面也受到東方或者說韓國本土的尊重萬物思想所影響，即使他沒有刻意強調生態概念，但從上述小說所呈現的尊重生命和親近自然性格，充分可以看出其綠色文學思想已蘊涵其中。

第二位要介紹的作家為李清俊（1939-2008）。有「韓國最知性作家」之稱的李清俊，雖未特別標榜要透過小說探討環境問題，但是在他以小狗、樹木、小鳥、土地等為題材的小說當中，可以找出他關懷大自然且符合生態意識的內容。〈狗屠夫〉（1985）刻劃的是因戰爭暴力而釀成的慘劇。「我」以回憶兒時的方式敘述戰爭當時所經歷的殘暴記憶。因打仗需要，每個村莊都被強制配額上繳狗皮，村民們只好被迫殺狗，但是藉此機會嗜吃狗肉的老饕卻濫殺家狗，「我」因擔心家裡養的兩隻狗被殺，必須想盡辦法保護牠們，另外表哥則被村民誣賴為反動分子而被迫逃亡。狗和表哥的遭遇，都是因那些以戰爭為藉口趁機行使暴力的一群人所造成，狗皮的徵收只是一個藉口，他們真正要的是狗肉。結果「我」家的狗被殺，表哥被抓，連外婆一家人都慘遭殺害的悲劇，終究發

生。李清俊安排人和狗兩個故事軸線，一方面深入刻劃小孩擔心狗會被獵殺的心情起伏，另方面也纖細地描繪母親因擔心娘家安危而著急如焚的不寧心神，小說同時也藉此對人類引發戰爭的殘暴行為提出嚴厲的控訴。

〈生命的抽象〉的主角為攝影家，當他對自己的工作感到懷疑時，想起家鄉井邊的巨木，於是決定回故鄉拍攝那棵大樹作為自己創作生涯的最後工作。不過當他返抵家鄉，才發現巨木早在三年前已經被砍掉，只留下一些樹墩。朋友告訴他，一群都會人來到村落，嚷嚷著說巨木的樹皮可以治療高血壓，跟著就出動卡車把它砍倒載走。不僅如此，包括他朋友在內的幾個村民，連剩下的樹墩也不肯放過，還動腦筋想把它賣出去。那棵樹由祖先栽種之後，歷經長久時間，生長成巨木，它守護著村落，庇護著村民，早已成為村民心中巨大生命力的象徵，如此具有意義的樹木，卻因都會人和村民的貪慾，被砍掉作成漢藥材。巨木失去了心臟，剩下樹墩的中心部位也因腐爛生出一個大洞，巨木的生命和歲月似乎就從這個大洞無聲無息地溜走。攝影家從那個大洞裡看到自己的時間也跟著流逝，只能使勁地按下快門，像是要為失去生命的古木緬懷一番。李清俊透過這樣的故事，似乎想要大聲疾呼，人類的貪婪可是多麼無情地破壞和壓榨大自然本有的生命呀。

〈殘忍的都市〉（1978）是一篇用多元隱喻手法譴責帶暴

力又壓抑的社會，並探討現代人疏離現象的小說。主角人物是一個剛出獄的男子，他出獄後在附近的公園逗留，並未馬上離開。公園邊有間叫做「放生之家」的商店，專門販售小鳥給人放生。被關在監獄的人都相信出獄後若將小鳥放生，就能讓獄中同伴獲得自由，因此這家店的生意一直都很不錯。沒有親人也無家可歸的男子，每天都買一隻小鳥放生，祈求獄中朋友早日被釋放出來。可是過了一陣之後，男子發現被放生的小鳥並未飛遠，一直停留在公園樹上，他細細觀察後才知道那是因為「放生之家」的老闆剪掉了小鳥翅膀裡的嫩肉，不讓小鳥飛遠。到了晚上，老闆用強力的燈光照射小鳥，小鳥就飛不起來，因此白天被放生的小鳥，到了晚上又被抓回鳥籠，永遠都無法獲得自由。最後男子買了一隻小鳥揣入懷中，離開都市前往溫暖的南部鄉下。小說中描繪的監獄和小鳥，是1970年代在獨裁政權下失去自由、受到監視的人民的一種隱喻，當中充滿欺瞞的頹廢城市，就暗喻著當時的韓國社會。小說揭露剝奪小鳥自由的都會人唯利是圖的真面目，同時結尾處還期許溫暖的南部能作為人和大自然自由和諧共存的空間。

〈鳥與樹〉（1980）為李清俊「南道人們」連作中的一篇小說，[12]在這裡他非常細膩地塑造出人和大自然和平共處

---

[12] 「南道」是指韓國的南部地區，相較其他地方，這些地區還保存著濃厚的韓國傳統精神，而且這種精神還常被拿來表現在韓國文學作

的理想空間。流浪者在南道旅行中偶然遇見「如樹木般的男人」，聽他訴說著雨鳥的故事。男人的兄長小時候就為了討生活離鄉背井前往大都會，之後母親每天都會講雨鳥故事給男人聽，同時又栽種了一棵冬柏樹。母親口中所謂從春天到秋天只要碰到下雨天就會悲鳴的雨鳥故事，其實是虛構的，不過她還是解釋說，雨鳥沒有房子，下雨時被雨淋著就會哭，可見母親栽植葉子和樹枝特別茂盛的冬柏，就是為了提供雨鳥休息空間，也是擔心兒子在外討生活，缺少家庭溫暖的關係。故事中，樹木被描寫為「自己吸取水分和陽光，自己長出莖幹和葉子，自己結起果實」的自足個體。樹葉開始茂盛，各種小鳥也來休息唱歌，「樹和鳥變成一家人般地和樂融融」。如此「有生命力量的大樹」是李清俊借用小說提出的理想烏托邦，這讓讀者聯想到莊子〈齊物論〉的簫管聲，當所有聲音互相調和時的那種絕對境界，才是至高無上的，可見這篇作品的生態意識非常濃厚。而故事中母親所傳播的「有生命的東西，不能隨便搬動，那等於奪去別人性命」，「樹木就像樹木，人就像人，各自在自己的位子生活下去」等說法，不外乎即是對原本生命的基本尊重。

　　比較接近散文體的〈夏天的抽象〉（1982），是用日記形

品裡。「南道人們」系列作品，還包括著名的《西便制》（1976）、《聲音之光》（1978）、《仙鶴洞遊人》（1979）等篇。

式呈現男人離開故鄉到處流浪的心情。小說的情節輪廓並不明顯，不過當中大量出現對故鄉大自然的描寫：如蜘蛛的生態、黑青蛙的生殖、雞鴨貓黑羊的生活、南道人們的樸素、鄉下人的生活智慧，以及豐富的大自然知識。流浪男人回到故鄉後，近距離接觸鄉下人們，逐漸找回都會生活中失去的本然自我，而且在此過程中，也讓他重新認識了土地的真義，呈現李清俊想回歸大自然自由生活的渴望。與黃順元一樣，李清俊並未刻意強調小說中的生態意識，但是他的若干小說，仍然涉及到尊重本來生命、人類和大自然共存等的內容，這點確實可從生態學觀點來進行論述。

3. 產業化引起的環境問題

　　一般都說韓國從1960年代開始走上現代化和產業化之路，這意味著從此環境破壞和汙染問題開始浮上檯面。對此，韓國文壇也開始以批判性認知為基調，刻劃環境和生態的相關問題。1961年發動軍事政變而掌權的朴正熙（1917-1979），從1962年到1976年間，共推動四梯次所謂的「經濟開發五年計劃」，正式採取經濟第一主義和政府主導的成長優先政策。由此，韓國雖然開始擺脫掉韓戰之後留下的絕對貧困狀態，但過不多久，就開始面臨到因經濟成長優先主義帶來的社會不均衡

和環境汙染的問題。

　　探討此類問題的文學創作，首先可提到的作家當是趙世熙（1942-）。他的暢銷小說《侏儒射上的小球》（1976）以侏儒一家人作為代表，赤裸裸地揭示被疏離的貧窮階層和工廠勞工的生活條件，暴露1970年代高速產業化所引起的相對貧困、人與人間的疏離、道德規範的瓦解等社會問題。不僅如此，小說援用了重疊過去和現在的手法、營造幻想氛圍、移動觀點等形式技巧，增添許多抒情成分，不僅提高本身的文學藝術性，也對後來文學發展產生一定的影響力。

　　由多篇獨立短篇連綴構成一個完整故事的連作小說，為1970年代韓國小說的一個主要特徵。此小說樣式的出現，告訴我們既有形式已無法適切表達當時千變萬化的社會現實。該作品由12篇故事連綴而成，各篇故事的主角都不相同，藉此以不同角度探索社會的各個不同面向。我們試看明顯揭發因政府的經濟政策導致生態系統遭到破壞的其中篇章：侏儒一家在新建的「銀江」工業區的不同工廠工作，不過無論他們如何努力工作，家庭仍然處於極貧狀態，而且因為長時間的勞動以及在惡劣的環境下工作，導致他們萬病纏身，他們的住居環境，也因遭到汙染，髒亂不堪。銀江地區的發展可以說是韓國高速產業化的縮小版，由國家主導的政策被要求無條件貫徹，加上競爭性的市場經濟、私有財產的無限膨脹、官商勾結、上下位階關

係、階級差別、勞動疏離等等因素，可以說是1970年代打著開發口號的獨裁政權底下所有社會矛盾的結合體。工業區的企業主雖然提出開發和發展經濟主張，但卻只顧著私益，任意破壞環境，而有責任監督企業的政府機構也只是袖手旁觀，導致工廠排放的有毒瓦斯、煤煙、粉塵，汙染了大氣和周邊土地，每天大量放出的黑褐色、黃褐色廢水和廢油，也嚴重汙染了周遭海域和河流，即使到了冬天，銀江的內港不結冰也不會積雪，變成了腐爛的黑海。如此肆無忌憚地濫墾濫伐，結果周遭的生命體都被殺死，連勞動者的生命安全也受到嚴重威脅。侏儒家的子女都在如此惡劣的環境中勞動，工業區的室溫飆到39度，機器發出的噪音整天縈繞耳際，加上過長的工作時間，精神和身體都感到疲憊不堪，集中力下降。

　　透過銀江地區勞工階級侏儒一家的故事，控訴環境汙染和生態遭到破壞，絕對與產業化帶來的社會不平等問題有著密切的關係。在強力的國家主導經濟優先政策和依附於此的不良企業主只知追求自己利益的狀況下，造就了貧困（poverty）、人口（population）和汙染（pollution）相互關聯的所謂3P現象。趙世熙集中刻劃這樣的現實，說明環境遭到汙染和破壞，絕對是資本主義生產關係和國家管理主義所造成的一種社會災害。

　　第二位為金源一（1942-），他在韓國論壇一向以擅長描寫韓國分斷狀況的悲劇歷史，以及基層人民的辛酸生活著

稱。在他眾多作品當中，《有關鷸鳥的冥想》（1976）可說是篇正面探討環境汙染問題的小說。小說的背景「多間化學工廠聯立的B工業區」，任誰來看，都可知道它暗指的是蔚山工業區[13]，而此工業區又是朴正熙政權在參考日本的產業複合團地（kombinat）之後所建設起來的。蔚山工業區設立不久，即引發嚴重的水質汙染環境問題，尤其繞經此區的太和江幾乎變成死亡之河。工業區內的工廠種類很多，精油工廠、塑膠工廠、化學工廠、有機化學工廠等，容易製造汙染的傳統製造業廠房，林立其間，每天大量排放出來的廢水廢氣，不僅汙染河川，也嚴重威脅著蔚山市民的生活。

中篇小說《有關鷸鳥的冥想》描述的是住在工業區附近一家四口的故事，包括無法返回北韓故鄉的父親、浮奢俗氣的母親、兩個兒子炳國及炳植。其中，父親和炳國屬正派人物，但母親和炳植則是反派人物。父親因參加韓戰受傷而變成殘障，但始終忘不了留在故鄉北韓的家人和情人，對當下的生活也感覺不到任何意義。作為從北韓南下的離鄉民，他好不容易有份安定工作，卻因太太關係被迫離職，他對環境問題固然有些想法，卻沒有實踐能力，日子也就過得很無奈。相反

---

[13] 蔚山工業團地為韓國最早建立的工業區，它以現代化和工業立國為目標，設立之初即由國家主導推動。1962年先建立為蔚山工業中心，1975年被指定為產業立地開發區，自此即屬於國家級的重化學工業團地。

的，母親是個追求物質慾望的女人，為了賺錢她不惜使用不正當手段，當她投資不動產妄圖一夜致富，卻遭失敗後，開始將怨氣發洩在兒子身上。長子炳國天資聰穎，不過念大學時因參加示威運動被迫退學，只好回到故鄉每天看著河邊的鳥群過日子。準備重考大學的炳植生性自私，善惡不分，對哥哥炳國捲入示威事件，相當不以為然，加上每天得面對父親漠然的無奈神情，因此對每件事情都感到不滿，過著放蕩的生活。

在這樣的情況之下，父親和炳國還能互相理解，但兩個兒子對象徵生態的鷸鳥看法，互有堅持，最後卻反目成仇。炳國一開始只是為了解悶才到海邊觀賞鷸鳥，但漸漸對鷸鳥的生態感到興趣，甚至把自己投射到鷸鳥身上，認為那是自由的象徵，因此他開始獨自調查河流汙染的原因，最後找出排放廢水的工廠，並向相關單位提出陳情書。不過在工廠主和企業主的阻撓之下，他做的許多努力都告失敗。重化學工廠入駐之後，鷸鳥的蹤跡也跟著消失，他為了尋找鷸鳥棲息地，還跨越了軍事統制區域以致遭到逮捕。與此相反，弟弟炳植反把鷸鳥當做賺錢工具，跟朋友共謀將放入毒藥的豆子撒在候鳥棲息地，等鳥群吃死了再把牠們撿來賣給剝製商。鷸鳥由於稀少，賣到的價錢更高，炳植乃特別專注於抓鷸鳥。炳國為了保護鳥群，拿環境理論來說服弟弟，但都徒勞無功，兄弟倆還為此暴力相向。

　　除了家人之間的衝突之外，小說對工廠非法排放汙水、塵芥、糞尿、放射性物質、農藥、殺菌劑，造成水質汙染，直接影響到鳥類和人類生存，以及對此國家官僚體系起不了任何作用的不平現實，進行深刻的描寫和嚴厲的批判。鷸鳥的消失，不但意味生態系遭到破壞，同時也象徵炳國的失意和思鄉父親的失落。金源一這篇小說明白道出，生態的毀損和人性的荒廢，絕對與韓民族的分裂狀態緊密相連。韓國自1970年代起，進入重化學工業時代，開始追求數量的成長，且在南北關係上，為了對北韓保持優越地位，不顧環境或生態可能面臨危機，到處建設工業區、蓋工廠。如此南北競爭的意識形態支配著南韓社會，經濟開發優先主義當道，結果生態環境和人性道德都同樣越來越糟。金源一蒐集了與工業區相關的龐大資料，並以此為基礎創作出如此出色的環境生態小說，適時地高呼環境和生態保護的重要性，同時也突顯了1970、80年代韓國社會普遍存在的社會問題。

　　此外，金源一在他的〈溫暖的石頭〉（1981）中，處理因惡劣的作業環境以致生病甚至生命受到威脅的勞動者問題。這篇以職業病作為寫作題材的小說，主角人物為女性勞動者，她懷孕時因感染工業用藥物罹患了懷孕中毒症，醫生診斷出胎兒和她都有生命危險，即使能順利生產也可能產下畸形或智障兒。金源一在這裡將工業汙染問題直接提升到人體傷害和後代

的延續上，可說是對產業化優先政策可能帶來的後果，提出了最嚴厲的警告。另一篇〈廣島的火花〉（2000）提出的是廣島原爆韓國人受害者的問題。二戰後，這些原爆受害者返回故鄉，卻一直擺脫不了原爆後遺症和各種疾病的纏身，過著痛苦的生活。無論是日本或韓國政府都不理會他們的賠償要求，最後走投無路，只好用自焚的激烈方式結束生命。當核武、核電事故或核廢料問題，各方正火燒眉毛般尋求解決之道時，金源一認為國家和政府更該負起最大的責任。

第三位作家為韓勝源（1939-）。他的小說主要刻劃韓國的土俗信仰和庶民的樸素生活景象，短篇小說〈姐姐與狼〉（1980）即是在此基調上，透過發生在農民一家的悲劇，揭露農藥使用過量引來環境汙染的嚴重性問題。

村裡突然出現罕見的狼，與此同時，包括姐姐在內的家人身體開始出現異狀，接著棲息在村裡的白鶴相繼暴斃，因為白鶴的主食田螺遭到農藥汙染。為了提高產量噴灑的農藥，先是讓田裡的小生物遭殃，之後又逐漸攪亂周邊的生態，甚至危害到懷孕的姐姐和其他家人。他們一家先後生了不知名的病，一個一個倒了下去。家人的病情日益嚴重之際，消息傳到電視台和報社，成為追蹤報導的對象，最後一一被迫住進醫院。醫生說是汞中毒，衛生單位卻認為是細菌感染，但都同樣找不到有效的治療方法。在不見病情好轉的無奈之下，姐姐被

迫墮胎，沒過多久也跟著病死。

農藥不僅汙染土壤和水質，嚴重破壞生態系統，還危害著人的健康和生命。在那個年代，韓國因農藥毒害引起的死亡事故頻傳，[14]小說應該是在此基礎上控訴農村家庭遭到崩解的原因。農民的農藥使用過量，其實與政府採取經濟優先和出口導向政策，有著相當密切的關係。這些政策的推動，不僅導致農村人口大量外移，以致農村勞動力不足，同時隨著都市擴張和增產需求，而實施所謂的農村現代化，這些都迫使農民使用過量的農藥和肥料，致使農藥汙染環境，形成一種社會性的災害。

在長篇小說《蓮花海》（1997）中，韓勝源進一步強調，人類中心主義才是破壞生態系統的主要元兇。小說的空間背景地尾村是一個風景優美、民心純樸的南部村落。有一天都會人造訪之後，整個村落突然捲入所謂開發的旋風之中。1980年代開始，獨占企業和跨國公司的金融資本，在政府的保護之下，全面介入國土開發作業。他們專找風光美好的山村和漁村，開始建蓋別墅、高爾夫球場、滑雪場、複合式觀光區、海水浴場、大飯店、釣魚場等大規模休閒施設。這些觀光產業雖然給農村帶來發展，但也徹底破壞了農村的傳統生活方式和價

---

[14] 同注2，頁220。

值觀，以及原有的自然風貌。地尾村由於先天景緻優美，遂成優先開發對象。於是都市資本家開始大量收購山田，鋪設道路，開山鑿地蓋起大飯店和旅館。經過報紙和廣播的大力宣傳之後，土地炒作風氣大開，頓時地價暴漲。在如此天翻地覆的投機熱潮之下，原本和睦的一家人，也為了金錢利益，開始反目成仇。對此，作者特別安排擬人手法，讓動植物站出來批判人類無止盡的慾望，諷刺社會一切向錢看的炎涼世態。小說力倡人類應該擺脫人類中心主義，努力去恢復生態系原本的有機體特質。這篇看似帶有深層生態主義或佛教世界觀的作品，想要訴求的是，生態系內所有存在都是平等，而且彼此間具有錯綜複雜且又有機的關係，唯有認知到此生命現象的原理，人類和大自然才能和平共存。

4. 當今小說的生態書寫

以上係就具「自然」和「環境」兩種指向的小說作為考察重點，介紹韓國現代小說中的生態意識。如此分類雖然涵蓋尊重生命的自然取向作品，以及針對產業化所引起的環境汙染提出批判的作品，但因紙面不足，只能局限於少數作家的作品介紹。如此，在進入21世紀後，韓國小說所呈現的生態意識又是如何？本節擬以具代表性的重量級作家韓江（1970-）和片

惠英（1972-）作為考察對象，簡單介紹當今文壇所呈現的生態意識，作為本文的總結。

21世紀韓國小說所呈現的生態主題，有別於之前對社會、國家表現關懷的大敘事，開始啟用包括變形、獵奇、怪談、殘忍、恐怖、殘酷、幻想、偏執症等富有戲劇性的技巧，來反映全新時代的社會屬性和生態問題的嚴重性，同時呈現出各個作家的獨特個性。[15]韓江的《我女人的果實》（2000）和《素食者》（2007），通常評論者會以女性生態主義觀點來進行解讀，兩本小說都同樣出現與女性和植物相關的內容。前者的焦點放在女性和大自然的親緣關係，小說人物太太所代表的是被毀損的自然，同時也是父權制度下受到傷害的女性。太太與極為平凡的都會上班族結婚，離開了位於海邊村落的故鄉，搬進十足人工化的都市公寓。統一規格的密閉空間，讓她呼吸困難，因而產生心因性精神障礙。渴望離開故鄉自由自在生活的婚前期望，就此破滅，整天被關在鐵籠般的公寓裡，悶悶不樂，加上得不到先生的體諒和照顧，最後變形為植物，一心渴望著乾淨的水。太太會變身為植物，象徵她拒絕當符合現代社會標準的經濟型人，且是一種想再生為生態型存在的淒怨反應。

---

[15]　崔末順，〈韓國當代小說現況〉，《聯合文學》342號（2013年4月），頁48-53。

　　後者《素食者》中的女性，則以拒絕吃肉的方式，控訴人跟人之間的自私對待和暴力相向，她的拒絕吃肉等同自我毀滅。她不吃肉成為素食主義者，純粹是意志的表現，象徵她試圖擺脫經濟成長、生活富裕、大量消費等現代價值觀，重新作回一個生態型存在。不過，面對先生和家人的不諒解，她只好以用刀自殘毀滅自己的方式，來控訴現代人的貪婪和大量消費習性，同時批判現代文明的暴力屬性。

　　片惠英的小說習慣把人物活動的空間設定為反烏托邦狀況，她特別喜歡用殘酷又恐怖（hardgore）的場面，來提示人和大自然被破壞以及因此衍生出奇異變形的情形，[16]閱讀小說時會有一種觀看災難片的感受。她的第一本小說集《青色庭園》（2005）裡收錄的每篇小說都出現屍體，且其中描寫的失蹤事件或者發現無法確認屍體身分的事件，可說都是她試圖帶領讀者去領略日常生活背後充滿恐怖又矛盾的世界。讓人訝異的是，針對這些非常事件或者屍體的出現，她並未提出任何前因後果的說明，也不描繪事件的後續發展，反而把出沒屍體的恐怖惡夢推到極致，把整體人類文明世界刻劃為一個巨大的地獄圖。不明原因的失蹤事件、世界末日般的混亂、未獲解決的失序，在此地獄當中，人物找不到出口，最後還退化為動

---

[16] 咸靜任（音譯），〈2000年代韓國小說的生態學考察〉，《韓國文藝創作》9卷1號（2010年4月），頁213-234。

物、小蟲，甚至還原為物質。〈青色庭園〉的人物變形為青蛙而墜落；〈魔笛〉中人物變形為實驗用老鼠而死去；〈人孔蓋〉的人物在充滿蠕動的蛆蟲當中變為生死不分的存在。如此，片惠英的小說人物都處在無法逃離的狀態，他們不帶任何希望，對別人缺乏信賴。這種狀況的重複出現，看起來就像是作者在揶揄整個人類進步的歷史。號稱建設現代文明具有理性的偉大人類，在小說裡化身為屍體、小蟲或動物，甚至退化到物質階段，足見作者試圖建構的是作為人的個人主體性完全被剝走的一個惡夢世界。透過這些情景和人物，片惠英極為鮮明地呈現出現代文明中人的物化程度，進而對於以開發名義肆意破壞大自然進而使其變形的現象，提出極為恐怖而且讓人毛骨悚然的警告。

　　長篇小說《灰和紅色》（2010）中，片惠英更是全面性地刻劃出總體性的災難狀況。主角人物藥品開發員被派遣到國外，卻因傳染病猖獗而莫名成為逃犯。被追趕的處境，迫使他輾轉於公園、垃圾場、下水道之間，在極端的狀況下尋找生路。在此過程中，他淪為一個垃圾般的存在。以新型流感的大流行作為敘事模型的這篇小說，內容充斥著傳染病的猖獗和到處都是垃圾的場景，作者借此展示現代文明和社會的基礎正面臨全盤崩解的危機。所謂現代文明，即是科技和資本的複合體，它只以剩餘價值來看待生命，加上跨國企業和國家權力

結合後，在垃圾堆上建築雄偉的大樓，展現出巍巍的現代文明。除非擁有權力和錢力，不然無法融入其中的人們，只好回到垃圾場如動物般地討生活。片惠英觀察現代社會的本質，並在洞察人的存在的基礎上，生動逼真地勾畫出沒有出口的現代資本主義迷宮世界。

　　以上係以現今韓國文壇相當具有影響力的兩位作家為例，觀察目前韓國文學中所探討的生態問題。如上所述，當今韓國年輕作家可說用了相當個性化的、多元積極的方式來關注現代資本主義和生態問題之間的糾結情形，他們不僅繼承前世紀以來的文學生態論意識，也更加鮮明而聳動地刻畫出現代社會的生態危機和人類文明的末日論述。

旅行的文學
——所謂穿越國境

中川成美
日本立命館大學大學院文學研究科教授

賴怡真　翻譯
日本九州大學特別研究員

　　最近在我的研究裡最關心的議題之一，便是所謂的紀行文學，特別是以海外的旅行經驗所寫成的文學作品。眾所皆知，日本於1853年（嘉永7年）與美國正式簽訂了日美和親條約，在那之前，下田與函館開港之前，江戶幕府一直都實行著鎖國政策。而到了1868年（明治1年）的明治維新時，明治天皇頒佈了「五條御誓文」和「宣揚國威宸翰」（「太政官日誌」第五號），這才讓造成朝廷對立的開國或是攘夷這個議題做了明確的政治方針。

　　當列國四方雄飛活躍之際，惟我國不黯世界形勢，固守舊習，遲未革新，如朕也只知安居於皇宮之中，不為百

　　年後的國家發展煩憂，苟且度日，則將受各國之侮辱，
恐令歷屆天皇蒙羞，使億兆國民受苦受難（六）。

　　年輕的天皇掌舵所領導的，是要讓「發揚國威」的日本
向世界展示的近代國民國家的旅程。在那之後有如波濤駭浪般
的近代化的發展，在1980年代中期達到巔峰，也促成了如鹿鳴
館時代般擬歐文化的出現。而西洋化後所產生的反動所造成的
國粹主義的抬頭，一方面是因為近代洋化後國民國家主義所培
養出來的愛國情操與鄉土之愛，另一方面也起因於宣揚自國文
化的概念所形成。也就是說，日本的海外紀行文學也等於是反
射出日本近代化過程的裝置之一。

　　19世紀以後，劃時代的近代科學所發展出的重工業產業的
成果，在短時間內刷新了世界的基礎建設。蒸氣汽車與蒸汽船
舶的發展縮小了世界的版圖。另外，湯瑪斯·庫克等所引發的
近代旅行業的基礎裝置一完成後，世界發生了飛躍般的變化。藉
由不斷地重複體驗跨越國境的經驗，人類開始累積許許多多的
思維。而那也是將自我相對化的一種作業。藉由與自我截然不
同的他者邂逅，人類進行了重新學習自我的一種文化接觸。

　　但不可忽視的是，旅行業的硬體設備是為何如此快速地
整備這一點。旅行業的路徑與近代帝國主義所造成的殖民地主
義的交通是一致的，也就是說旅行業的背後喚起了帝國對殖民

地的征服慾望。與異事物的邂逅引誘出了其征服的慾望。而國民國家，便是透過了這樣的征服欲而形成的一種系統。

而日本的海外紀行文的出發也寫入了這樣矛盾的近代國民國家的情況。在幕府末期便有派遣歐美使節團的紀錄文，其後還有明治初期官費留學生的紀錄文，或是私人歐美行的紀錄文等，從1860年到80年代，紀行文或是旅行記錄、旅行日記等擁有悠久歷史的既有文學範疇，被沿用在海外體驗的記述裝置上，獲得了重新的發展。唯有透過解讀其持續的層面與其中斷的層面，才能夠理解於日本近代初期所出現的龐大數量的文本。

而主要以男性為主導的旅行感想文或是紀錄文，在短時間內轉換成虛構小說。初期的「海外紀行文」多半是由以樹立國民國家為使命的留學生或是新政府的官吏所寫成，其所使用的是主流且官方文體的漢文派（漢文訓讀），建立在以漢學為基礎的文體之一。1885（明治18）年所發表的東海散士的〈佳人之奇遇〉，便是以高雅的漢文體將其海外經驗所寫成的虛構小說。另外，還有一點值得關注的是，這個時期的翻譯小說其大部分都是以旅行或是冒險等主題為主，如齋藤了庵譯的〈魯敏孫同傳〉（1872）、凡爾納・川島忠之助譯的〈新說八十日間世界一周〉（1878）、凡爾納・井上勤譯的〈亞非利加內地三十五日間空中旅行〉（1883）、布萊蕭・內田彌八譯述的〈婦人地球周遊記〉（1886）等。而這些也都是以擬古美文

調的漢文體所寫成。但這樣的文體在明治10年代末期開始發生
變化。當然這個發展跟言文一致運動有所關連，但也有其無法
完全解釋的文體摸索在海外紀行文中不斷嘗試，其深諱難懂的
漢文體或是裝作客觀性的文體復而不見，取而代之的是大眾化
且富趣味、帶著滑稽的觀點來敘述的文體。

　　末廣鐵腸（1849-1896）於1886（明治19）年到89（明治
22）年視察旅行歐美各地。其在《啞之旅行》（1889-1891）
中提及，「既非紀行文也非小說只不過是不足以為道之戲
文」（二九）。就如標題所說般，末廣在語言完全不通的西歐
旅行，丈二金剛摸不著頭緒般的奮鬥，其鄉巴佬逛大觀園般的
模樣貫穿全篇，是部可說是奇書的好作品。雖然其旅行目的
為「視察歐洲政況」，但貫穿整部旅行記的是末廣晦暗的熱
情，與跟〈近代西歐〉疏離的主題，其拒絕理解的壯大的西
歐文化構造裡，起於作者本身的身體內部感覺早已〈近代西
歐〉化的關係。其文章一開頭便寫道：

　　　近來流行海外旅行，不論是誰都爭先恐後地飛出日
　　本，看他們邊抽著雪茄邊嚷著說倫敦怎樣而巴黎又怎
　　樣的，為了怕跟不上流行我也得趕緊踏上歐美漫遊才
　　行，但是連講話也不通的人坐上外國輪船也是萬事不
　　通，大家都勸我應該等著看有誰陪同前往，但說到我

這個紳士是初生之犢不畏虎，只要有翻譯就算是語言
不通也沒關係，而且就是迷了路也會因為惡名昭彰而
被遣送回日本，看來是任誰也阻止不了，於是乎千里
孤獨的踏上了萬哩之外的旅行，實在是少了一根神
經、大膽又無謀的一件事。

末廣將自己徹底地以他者的視線戲劇性地敘述這段海
外旅行體驗。而這樣戲謔性的精神也因戲文體而更加發揚光
大。可以想像到的「鄉巴佬逛大觀園」的戲碼，如餐廳禮
節、浴室或是廁所的使用方法、飯店或是汽車的預約，貨幣的
兌換等的失敗談可說是自虐性般的屢出不窮，像這樣的西歐體
驗也顯示出了日本的歐美紀行文的一種典型。

像這樣自虐性的吐露，也因虛構性小說的特質而被實
現。而此種海外紀行文的範疇，在現在來說比起小說或是詩文
等主流範疇還被視為低階，但紀行文範疇的小說與其說是要記
錄事實或是其經驗，還不如說是透過這樣的旅行經驗所帶來的
意識改革，被表現在任何一種紀行文上面。而其就立足於國民
國家的優劣評比的慾望之上。

而被近代的西歐所疏離的「忍」君（《啞之旅行》的主
人公）一到了「東洋」，則有了一百八十度的大轉變。在過了
蘇伊士一帶之後，「西洋人」逐漸減少，主人公也開始心有餘

裕的對著群聚在港口的孩童投擲錢幣，旅行到西貢時也出現了
鉅細靡遺的當地實錄報告。

> 建築物像是豬舍般不規則地排列著，大概有兩三百人
> 的土人跟印度人比起來稍微有點面貌不同，雖說是純
> 然的蒙古人種，但因位在熱帶地方，跟支那人比起來
> 其面容還是非常地黝黑。

在這裡的「土人」很明顯的是屬於蔑視的用語。而這樣
的「觀察」隨著日本人乘客越來越多，也衍生出「醜業婦」
（賣春婦）的「南洋」進出議論。在終於踏上日本土地時，同
船的日本人辰巳也感慨地說道：「終於我也稍微喝了一點西洋
的墨水，也算是不同凡響的紳士了」。

這部旅行記裡誠實的敘述出日本人面對近代化時共通會
出現的感慨，但其西歐體驗者一口氣傾向國粹主義的原因之一
可歸咎於受到西歐主權壓抑的反抗與憧憬，反之轉變成對於亞
洲的輕視侮蔑的心理作用。從這些描繪日本人曲折心境的海外
紀行文中，不應只是將其認知為單純的旅行記或是散文，而應
該將其視為衍生出虛構言論的文本，有其必要以文學研究的
範疇來考量。現在，便暫且取名為旅行寫作（Travel Writing）
研究。

1.

在艾瑞克・里德（Eric J.Leed）的著作《旅行的思想史——由吉爾伽美什史詩到世界觀光旅行》（Basic Books Inc, 1991）裡提到了以下意義深長的言論。

> 在定居與禮節規範下，旅行被「性別化」，出現了強調男女差異的「性別化」行動。以歷史上來說，旅行的總是男性，而女性是不旅行的。或者說就算女性旅行也是在男性的保護下所履行。

的確來說，女性的獨自旅行對男性來說是種威脅，也同時挑起了其性衝動。女性定居，並迎入男性，有時也需扮演共同體的奉獻方，提供旅行的男性們性的服務。像這樣男女關係並不平衡的旅行配置，往往總是要求女性方面必須忍耐。但也有破壞這樣的枷鎖的女性之旅。

舉例來說，易卜生的〈玩偶之家〉裡的諾拉到底是去向了何處呢？離家出走的她所能夠去的地方實在是少之又少。又或者是1920年代裡因為貧困而被迫漂泊的林芙美子，撰寫了《放浪記》，其獲得了女性自由的同時，也被放逐在社會體裁

與保護之外。近代以後，女性們開始頻繁地移動來去，她們所被壓抑的生活被闡明出來，過去的女性們只有在社會的外緣才能夠獲得自由。女性作家的放浪有時被男性們視為是一種性放縱，她們甚至被剝奪了生活權。但那也是屬於女性們擁有明確意志的表現。而放浪，就這樣同時承受了如此兩相矛盾的女性的議題。

　　1920年代裡因應世界規模的擴大而產生的對自由的渴望，也是造成女性開始矚目文學的原因。簡・理斯（Jean Rhys）、朱娜・巴諾（Djuna Barnes）、麗蓮・海爾曼（Lillian Florence Hellman）等女性作家開始縱橫全世界，各自找出了想要書寫的「課題」。這不僅是脫離了男性的束縛，也同時是再次發現自我的作業。簡・理斯出生於英國殖民地的西印度群島的多明尼哥，為了接受教育而前往「祖國」的英國，但卻對英國的水土不服。就像是為了要填充其違和感，她開始放浪歐洲各國。朱娜・巴諾出生於美國家父制的傳統家庭，受到了親生父親的性虐待，加上其對於女同性戀的覺醒，讓她在二十歲出頭便移居巴黎。麗蓮・海爾曼則是為了要切斷和達許・漢密特的關係，離開美國參加了西巴牙人民戰線。她們留給現今世人的作品就是由以上的遭遇所產生出來的。但在這裡我們必須澄清的是，她們的遠行不是為了書寫作品，而是為了要從身為女性的原罪而被男性強制竊視、監視或是不合理的性虐待中獲得自

由。她們因為旅行而培養出了文學的想像力，在旅程中讓她們找到了自身的生命出口。

　　在日本也出現了同樣情形的女性們。平林泰子果敢的挑戰參加了普羅文學運動，這可說是顛覆了女性所被規範的定居與貞節形象。她的出道作品《診療室內》（《文藝戰線》1927年9月）就是一部激烈的作品。因為治安維持法而被趕出東京的社會主義者的年輕情侶，隨波逐流地經由朝鮮半島流浪到了日屬關東州。旅順為日本的準殖民地，年輕的丈夫在那裡因為莽撞發送傳單而遭到逮捕與監禁。懷孕的妻子走投無路下只好於免費的醫療設施內產下了孩子。這個妻子患有妊娠腳氣病，其母乳會奪了孩子的性命。但是妻子並沒有足夠的錢買奶粉，抵抗不了哭叫孩子的請求她讓孩子吸了母乳。泰子為了自己的人生而剝奪了一條幼小的生命。她的這部作品就是在如此沈重的悔恨下所誕生出來的。這個懲罰對於流浪殖民地的女性來說過於重大。但加在這些女性身上的嚴厲社會制裁，卻也起因於男性內面所潛藏的「畏懼感」。男性們對於能夠自由流離的女性身體感到憎恨與排斥。男性們的生活如果沒有嚴守貞節的女性替他們做飯洗衣、養育孩子的話是無法成立的。在以男性為中心支配的社會規範中，女性們被束縛地無法動身。但正因為女性這樣的掩沒自我，擔任國民國家基礎的近代家庭觀也才得以維持運作。

林芙美子就像是一位被附身般地到處旅行的作家。父母親為旅行藝人的芙美子自幼便在漂泊中度日。他們在北九州一帶流浪，其家族原本就是從社會規範中脫落、被疏離在社會之外的存在。芙美子跟18歲時所認識的男子私奔到東京，但也以分手告終，於是她在艱難的生活中持續著創作活動。其體驗成了小說《放浪記》，這部作品大賣了60萬本，使她獲得了安定的生活。之後她與手塚綠敏結婚，嘗試著建立幸福的家庭，卻還是將之放手一擲，開始流浪於世界。她於1930年旅行滿州，1931年遠赴巴黎。在巴黎時的芙美子的日記裡有著悲慘的記述。

> 啊啊真想好好工作。讓你們看看1月28日的日記吧——
> 已經徹底是慢性的孤獨病了。不想出外，也不想要跟
> 人見面。（〈一個人的旅行記〉，林芙美子選集，1937
> 年，改造社）

她的內心沒有獲得滿足的片刻。她總是內省的與自己談話中找出書寫的對象。戰時她也志願赴戰場，於1937年隨著陸軍部隊成了最早抵達漢口的一班人。芙美子是那個時代的寵兒，於1942年以南方報導特派員的身分滯留了印尼、新加坡與越南。戰後，集結戰時的經驗寫成了傑作《浮雲》（1950

年），在這本小說裡，我們可以透過深陷在虛無飄渺裡四處流浪的女性，幸田幸子的身影，看到芙美子所描繪出的痛苦呻吟的自身影像。

又或者是為了要逃脫強加在日本舊有女性上充滿虛偽的貞節情操，森三千代與金子光晴逃遍亞洲的各個地方，最後甚至流浪到了歐洲。又或是與武林無想庵訂定了契約結婚而遠度巴黎的宮田文子等，流浪的女性作家實在是無以計數。但重要的是，這些女性都創造出了優秀的文學作品。女性流浪的背後，都蘊藏了壯麗的文學。

2.

為了要逃脫性別的枷鎖並不是讓女性從事旅行寫作的唯一動機。身為一個出生於殖民地的宗主國國民的女性，其扭曲的「鄉土愛」，也造就了其文學作品。1914年，瑪格麗特・杜拉斯誕生於法國殖民地的越南。在她為了接受教育於1932年回到法國之前，18年以來都沒有離開過越南。這樣曲折的心境於晚年所描寫的《北方的愛人》（1991年）裡如此說道：

> 又瘦小又大膽的女孩，很難將這個女孩子分門別類，
> 也很難以一言來道盡。乍看之下似乎長得很漂亮，但

仔細看卻又還好，貧窮的女孩，不僅出身貧窮，其祖
先也很貧窮，是農民也曾開過鞋店。不管是在哪個學
校都是法文的成績最為優秀，但卻憎恨著法國，在出
生到幼時所渡過的國家裡曾經受到過的傷害至今仍未
痊癒，吃到西歐風的牛排就會吐出來，喜歡屠弱的男
子，從沒看過這樣對性極為敏感的人。對讀書和觀察
非常著迷，傲慢又自由。

對她來說，「祖國」不過就是個被侷限在國籍上的一個
概念。其大部分的人格都是於越南所形成。魚露的味道總是能
引起她的鄉愁。像這樣的分裂意識在國民國家的範疇裡算是個
例外，能夠理解她的法國人也極為少數。所以她不太常談到這
件事，她以性愛為媒介將自己的身體衝撞他人。

像這樣因為殖民地帶來的分裂在日本作家中可舉例出真
杉靜枝。真杉出生於福井縣，三歲時隨著從事神職宮司的父
親赴任到台中，在台灣生活到20歲左右。跟17歲時所結婚的台
中車站鐵路輔助員離婚後，於20歲回到日本，之後也輾轉從事
過許多職業。真杉就如《惡評之女》一書所描繪般是個惡評
之女，其惡評起因於曾經是正岡容、武者小路實篤、中村地
平、菊池寬等人的情婦。但若考慮到她於自卑於成長於台灣這
樣曲折的成長背景，則不得不讓人矚目其作品裡時而會出現的

殖民地差別待遇與其所受承受的創傷之深。性別與殖民地主
義，共謀震撼了真杉的身體。

　　真杉和杜拉斯同樣往返來去於「祖國」與成長地之間，
結果這兩位作家終生還是無法克服其成長背景所帶來的違和
感。現在，在她們的作品中所被刻印下的殖民地的影子形成
了她們文學裡的核心，對現代的讀者來說仍舊保有尖銳的批
判力。真杉在〈南方的語言〉（《囑咐》所收，1941年，新潮
社）裡敘述一位嫁給台灣人力車伕，以台語生活的日本女性木
村花子，其活生生地描繪出根深蒂固地般的日本人對於台灣人
的輕視。

　　　公家機構的人們上下打量著花子的身體，怎麼看都不
　　　像是內地婦人，其身上早已滲透了本島人的味道，他
　　　們再三地、像是投以同情般的眼神不斷地望著她。

　　為了做日本人國勢調查而來訪的警察官與公家機關的日
本人，以非常同情憐憫的眼神看著花子，而他們這樣的態度比
起直接侮辱花子還更要來的刺傷她。真杉敏感地感覺到不言而
喻的差別待遇，卻又不知道該如何是好。會這樣說是因為在台
灣成長的她能夠理解雙面的想法。真杉的困惑正是起因於來去
於本土與殖民地間所釀成。

在殖民地長大的她所背負的課題便是擔任翻譯的立場，她被賦予雙方文化媒介者的期待，但這也使她感到困惑，結局就是她什麼事也辦不到卻又得持續在殖民地生活。這樣令人感到焦躁不安、難以言喻的立場便是孕育出文學的瞬間。這些女性的旅行寫作，表徵出宗主國與殖民地間的隔閡，也顯現了無法完全隸屬任何一方、夾在雙方間進退兩難的身體。杜拉斯描繪了與殖民地男性的性愛，而真杉的作品中也描繪有與殖民地男性結婚的本島日本人女性。基於這點，她們的作品會永遠流傳下去。隨著旅行的移動而產生的意識與身體的變容，當我們循著其背負著女性的性差或是其背後蘊藏著殖民地這個場所的要項時，我們不得不注意的是，為何文學承載了這一切，而又是什麼喚起了這些女性們的文學想像力。

3.

戰爭，很諷刺的幫忙解除了強制在女性們身上必須定居的這項束縛。在大量的前往殖民地的交通上讓女性們有了旅行的經驗。隨著日本戰敗，有了膨大的移動量，強加在女性身上的是敗戰遣返歸國這個體驗。在戰後的日本人的遣返歸國人數，軍人與其家眷，民間人等合併起來據說有700萬人，而美國佔領軍當初的緊急事項便是要確保這些輸送路途與輸送手

段。海外渡航完全被禁止，至1964年為止實際上的海外渡航的自由化是不被允許的。匯率也被固定在1美元換360日圓，除了少數的官費留學生以外，海外渡航變成了一件特別的事情。

但之後隨著美國的佔領，1947年西北航空的日本國際路線快速地整頓完成，之後的澳洲航空、法國航空等7家航空公司起航，主要是在運送聯合國的乘客。但就因這些航空設備在極早的階段早已整頓就緒的關係，也促成了日後海外觀光的熱潮。戰後首位女性單獨旅行者要提到犬養道子，在她的著作《大小姐放浪記》裡提到，雖然她是利用了她背後的特別許可得以出國，但她形容自己有如「井底之蛙」，對外界的事物一無所知，為了要解決這樣的窘境於是她飛向了海外。從1948年起她先在美國待了3年多，之後則是一償所願，飛往了嚮往的歐洲，於1957年歸國。眾所皆知一位時代的新女性就這樣誕生了。像是犬養這樣，為了要癒合對求知慾的渴望而遠渡重洋的這個行動，有點偏向以西歐為中心，但那之後的女性們相繼以此為出發點。

1964年海外渡航自由化後不久，森村桂旅行到了新喀里多尼亞島。其旅行寫作《離天國最近的島嶼》（1966年）成了暢銷書，也成了日本海外跟團旅行熱潮的元祖。在旅行業裡變成巨大產業的黎明期裡其實存在著這些女性的文本是值得我們留意的地方。

　　另外，隨著55年體制的開始，促進經濟發展成了國家的使命，以復興經濟之名，許多的企業開始進出海外。大庭美奈子隨著丈夫利雄的赴任於1958年前往了美國的阿拉斯加州。之後的11年裡都住在美國。其描繪出空曠的浮游感的《三隻螃蟹》獲得了1968年的群像新人賞與芥川賞，美奈子此後以職業作家出發。她所描繪的主人公不管在哪裡都無法感覺到自己的歸屬意識，於是只好以性愛為衡量的基軸卻也只是徒勞無功，並使其陷入更深的五里霧中，這部小說的驚人之處已無需贅述。

　　另外，同世代的高橋和子因為疲倦於與丈夫利巳的生活，於1967年啟程前往巴黎。在異質的文化環境之中，和子感受到更深的孤獨感而歸國，卻因為利巳的急病，在看顧其死後接受了基督教的受洗，於80年開始住在巴黎一處簡樸的公寓裡，從此進入了宗教生活。而將其體驗集結而成的便是小說《偽裝吧、我的靈魂》（1982年）與《亡命者》（1995年），是日本內少數觀念小說的傑作。在這些小說裡，女性的放浪已經超過了身體概念，以靈魂為名的觀念，告發了女性主體其脆弱的基盤，名為女性的這個有名無實的虛無存在就這樣浮游在半空中往虛無消失。高橋筆下暴露出浮游感的根源就是起因於性別的不當配置，導致於女性承受了不合理的壓抑對待。在她的作品裡，女性本身就像是男性的殖民地一般。

　　日本伴隨著高度的經濟成長，海外渡航就像是被編入日

常行動中一般，變成了「普通」的行為。但強加在女性身上的負荷是否獲得了自由了呢？津島佑子於1975年的初次海外旅行便是前往巴黎。這是她28歲的時候。80年代後期因為出席世界的文學會議，與海外的作家也有了交流。1991年起滯留巴黎一年，在巴黎的法國國立東方語言文化學院授課日本文學史。在這裡，津島從事了連結西歐與亞洲的劃期性的工作。她企劃了由伽利瑪出版社所出版的法文版〈愛努神謠集〉，並於1995年刊行。津島讓知里幸惠跟西歐文脈相互連接，而支撐津島的想法便是讓邊緣化的聲音再次甦醒這個意念。之後，津島的作品開始跨越並縱橫國境。《閃亮的水時代》（1994年）裡，擁有不同母語的表姊妹一同追查家族的歷史，並揭發出了日本裡幾乎被掩埋或者可說不被意識到的差別意識與偏見。而2008年所發行的《太過野蠻的》則是津島的集大成著作，匯集有巨大的構想。2005年開始津島花了6年的時間數次利用參加文學會議等機會拜訪台灣，她開始造訪台灣各地，特別是追尋原住民之跡。由2006年9月開始於《群像》連載小說〈太過野蠻的〉，並於2008年刊行，這個以近代殖民地史為背景的厚重作品將永留於日本文學史上。而這也是在思考旅遊寫作這個領域時極為重要的作品之一。

　　小說裡以1930年代渡台的阿姨美世所留下的書信與日記為線索，姪女的茉莉子開始追尋阿姨的足跡。而深深投射在這

段旅程裡的，便是發生在30年代初期由台灣原住民發起的反日武裝蜂起事件（霧社事件）。兩位女性的旅行，徬徨的靈魂相互交錯，揭露出生活在壯大的現代史中的現代人其脆弱的基盤。這部作品所帶來的深刻感動成了活在後現代的我們面對不確定的未來的引導方針。

津島像是洩洪般不斷地漂泊旅行。以中亞的吉爾吉斯斯坦作為舞台的《黃金夢之歌》（2010年）與以舊滿州為故事的《葦舟，起飛了！》（2011年），敘述戰後佔領的《山貓之家》（2013年）、和其追蹤了北海道愛努族的《JACKA・DOFUNI》（2016年）等，津島晚年其旺盛的執筆欲與她跨越國境的熱情一同熾烈地燃燒著。

而繼承了津島之後世代的茅野裕城子，非常輕易地就解決了超越國境的辛苦，縱橫來去在語言與國境之中。她的旅行寫作的經驗就在她1992年留學北京大學之後，以其經驗寫出了《韓素音的月亮》（1995年），並獲得SUBARU文學賞。住在巴黎並自由旅行世界的園子，在一次偶然的機會下前往北京，在那裡她遇到了語言不通的中國人演出家。園子不避諱地與其沈溺在性愛的快樂中。從那為起點發掘出中國的「異文化」，隨著故事的展開，終將讓她認知到自己身為「女性的絕對孤獨感」，敘述中充滿了巧妙的機關。於90年代裡塑造出這樣的日本人女性是這本小說的劃期性之處。小說裡沒有太多文

化對立的糾葛使得評論難以言論。在接觸異文化時拭去總是纏繞著日本人的西歐自卑情節與亞州蔑視這樣的附帶產物是這部小說的創新之處。但園子是察覺到的。在海外體驗所附帶的老舊文化差異觀念根基於男性霸權的慾望。所以不需抱持著過多的期待。園子乍看矛盾的行動裡起因於其冷靜的一面。園子一邊果然的消費慾望，卻又直接切入性別配置的不公，這樣的園子其實就等於告發了這不均等的配置。

面對如此後近代的變容，遞出了具體的提倡便是多和田葉子，也是現在旅行最多的作家。2003年所發表的《旅行到母語之外》（2003年）裡，多和田如以下提到：

> 文學要跨越國境有許許多多的方法。人就算是出了國，也未必走出母語之外，但也有情況是出了國又同時走出母語之外的例子。

在這裡多和田並不是要說明語言運用能力的問題。20世紀又被稱做是移動的時代。持續的戰爭與經濟恐慌、文化衝突與政治壓抑、人種歧視與女性差別待遇，又或者是因為貧富分配不均，人們總是被迫遷移。國民國家有時也殘酷的背叛了國民。世界各地發生了大批的人口移動。這些人為了生存，捨棄了母語，不得不學習新的語言，若非這樣是無法苟延生存下去

的。在日本人於100年前還很憧憬的西歐世界，現在卻抱持著巨大的矛盾與煩惱。現今，世界中排斥移民的聲浪高漲，在20世紀展開的人口大量移動就算進入了21世紀還是有令人意想不到的發展。而多和田在極早前就指出了這項問題點。而在另一方面，多和田也指出文化混淆與語言的侵蝕、交換能夠誕生出新的文學的可能性。這讓我們對於未來還能抱有一絲的希望。

在2004年所發表的《旅行的裸眼》這部作品裡，便充滿了具體呈現出多和田這樣的想法。越南的少女為了要參加東德的共產黨青年大會，於是被招待到歐洲去，但卻在途中被強行拉致到西德。少女試著逃脫，坐上了前往蘇聯的列車，當一覺醒來卻發現自己坐上了相反方向的列車，來到了巴黎。巴黎對少女來說是語言與文化皆不通的異鄉，而她唯一的樂趣便是觀賞電影。她很喜歡凱薩琳・丹尼芙，總是不斷地看著她的電影。多和田在這裡設下了巧妙的機關。多尼芙的主演作品一部又一部裡全部都植入有歐洲或是亞洲的苦惱。在演出納粹題材的〈最後地下鐵〉、或是以越南殖民地為題材的〈印度支那〉，又或是描寫女性對性愛的慾望的《青樓怨婦》等，在一一觀賞多尼芙所主演的電影後令人窒息般的現代史重新甦醒過來。所謂的超越語言與國境，便是藉由開拓這樣的現代史的陰霾，並邁向人類新的可能性的一堂課程，而這部小說則明亮的點出這個可能性。

　　藉由追溯近代旅行寫作的歷史，思考其中介入的女性們所扮演的角色，可以讓人瞭解到在日本這個記號中曾經行使了多少的暴力，而這也可以連接到對於未來的探求。旅行，或是人們從事移動，絕不是那麼單純的僅只是追求放鬆或是娛樂。在思維旅行寫作這個議題時就是為了要將自身相對化，並找出自己所在的場所。而最重要的，在這樣的過程中誕生了優秀的文學作品，其文學的想像力相信蘊含著能夠改變讀者的可能性。

朴馨瑞小說的旅行敘事新次元

權晟右

韓國淑明女子大學人文學部教授

林筱慈　翻譯

韓國成均館大學東亞學術院東亞系博士生

1. 台灣、韓國以及旅行

　　在地球上，台灣與韓國是近代體驗與文化最相似的兩個國家。兩國都經歷過日本殖民時期、強烈的反共主義、分裂體制、威權體制、國家暴力的虐殺以及對獨裁的抵抗、民主化的過程與急速的經濟發展。彼此也都屬於東亞的漢字文化圈，不只是近代，早在更早之前兩地域（國家）之間就有活躍的交流。此外，台灣與韓國都是世界級的IT強國、兩國目前都屬於世界上生育比率最低的國家等都顯示出兩國有著非常相似的情況。相似點很多的同時，兩國之間的差異性也很大。比起中國與台灣的關係，處於南北分裂的韓國更加封閉，與北韓之間的

問題也比較嚴重。圍繞著北韓核武問題的南北韓糾紛，隨著薩德反導彈系統的設置而產生的中韓矛盾都顯示朝鮮半島的分裂與中台之間的問題有很大的差異。隔著北方那道牆、三面環海的南韓社會，就其文化地理層面來說是相當鬱悶、封閉的。也是因為這樣，韓國民眾比起其他世界上的任何一個國家都要對海外旅行有很大興趣與憧憬。

在1988年，韓國社會全面開放旅行的以前，除了部分的留學生或是企業的外派人員、外交官、在國外有近親的人之外，其他韓國人是很難有海外旅行的機會。即使到現在，前往北韓或是去北韓觀光都是被禁止的。也有相當多學者或是作家只是因為在沒有政府的許可之下去了趟北韓就被送入監獄度過一段漫長的牢獄生活。

在國土的北方就像有一片高牆一般，而其餘三面環海的情況下，韓國人總是對於海外旅行有著相當大的想像力與憧憬。韓國國民的海外旅行比例相較於中國、日本的人口數比高出數倍的情況也都跟韓國地理特徵——封閉的朝鮮半島——有關。（除了可以方便移動於各國之間的歐洲之外，韓國屬於國民旅遊經驗豐富的國家之一。）不僅如此，相較於國土面積大、地方特色豐富的中國或日本，韓國國內旅遊等的相關基礎建設並不多樣，這也是韓國人喜歡國外旅遊的重要原因。韓國社會特有的平等主義文化，也就是如果朋友去趟海外旅遊的

話，自己也應該要去的那種心理等，也都可以說是引起韓國人海外旅遊風潮的心理要素。

在這樣的情況下，旅行可以說是韓國小說家們相當重要的創作題材。在不允許一般民眾出國旅遊的1980年代早期──獨裁政權時期，只有在政府派遣、支援下，與政府關係親近的作家們才可以有團體海外旅行的機會。雖然是政治色彩濃厚的政策決定，但也正是因為如此才讓我們知道作家與旅行之間這種珍貴的連結性。

傳統上來說，在韓國的旅行文化或是以旅行為題材的韓國文學裡，「對遠方的思念」、「對異國色彩的憧憬」、「關於旅行的浪漫與幻想」等都佔有相當大的比重。基於經濟因素本身沒有辦法體驗海外旅行的一般民眾則透過閱讀以旅行為題材的文學作品，間接地滿足自己對出國旅行的渴望。

但是2000年以後，對於一般民眾來說，海外旅行也是一件相當稀鬆平常的事。我們可以很容易地為看到為了出國旅行而打工的大學生。現在，韓國民眾去濟州島的旅費跟去中國、日本的旅費沒有多大的差異。這是一個任何人都可以擁有多次海外旅遊經驗的時代。在這樣的時代裡，為了讓以旅行為題材的文章更有創意，新的文學想像力與突破是必須的。只是喚起異國情調或是獨特的風情、透過海外旅行特有的浪漫與幻想來滿足讀者的好奇心跟喜愛文學的心的時代已經過去了。

　　從筆者說明的脈絡來看，小說家朴馨瑞一連發表的旅行小說即展現出非凡的想像力與有趣的旅行表情。朴馨瑞的旅行小說瓦解了過去旅行小說裡出現的浪漫情懷與幻想。本文將簡單地說明「大山文化獎」得獎作品——朴馨瑞的長篇小說《清晨的娜娜》以及短篇小說〈喀比島〉裡出現的旅行的意義。

2. 浪漫旅行的解體：《清晨的娜娜》

　　對於作家朴馨瑞來說，「旅行」是他創作故事中的主要題材，他在最近發表的短篇小說〈高個子的侏儒〉（《作家世界》2017，春季刊）提到，有人說：「如果想要徹底地了解人生，就要一定要去趟旅行。」，而作家朴馨瑞自己也實踐了這句話的涵義。

　　朴馨瑞的小說在許多面向都展現出與其他韓國小說不一樣的個人風格。首先，他的作品跟其他以先進國家精緻風景與異國文化體驗為主的旅行小說有相當大的距離。其代表作《清晨的娜娜》是以泰國的紅燈區為小說的敘事空間。從小說〈喀比島〉也是以泰國的地名為題，我們可以知道朴馨瑞關心的地域並不是精緻、有名的空間，而是只有那個地域才有的活生生大自然、特性、傳統與悲歡。第二，朴馨瑞的旅行並不是只停留幾天的短暫旅行，而是透過自然地親近該社會的網絡與

文化，以定居型的長期體驗來創作自己的小說。仔細一看，我們可以發現朴馨瑞的旅行小說比起敘述旅行的浪漫或是異國風景、羅曼史，他展現出自己融合該地域文化、自然同化的那一面，並且生動地描寫出自己與當地居民們多樣的交流與糾葛。

朴馨瑞在《清晨的娜娜》的序文裡說道：「穿他們的衣服，吃他們的食物。」為了寫這本小說，作者融入泰國的紅燈區以及世俗裡的深淵。小說主角李奧（譯）第一次到達泰國曼谷的場面敘述如下：

> 進入SUKUMVIT SOI 16.[1]開始，奇妙的、黑暗的味道撲鼻而來，毫無規劃的、由陌生結構而成的高樓大廈，高低不一樣的階梯們組合成了危險又不吉利的感覺，在走到三樓的同時，可以從門縫窺看到充滿貧困與懶惰、不倫與不法的人生。

「那地方是貧困的、不潔的、可怕的。」「SUKUMVIT SOI是賣春的、是隨著賣春而形成的地方、為了賣春的街道。街道上的男男女女都是跟賣春有密切關係的，不管他們用什麼方式……」那街道是那樣的。在為了賣春的街道上有愛滋病

---

[1] 泰國紅燈區的街名。

患者、新世代的賣春女、混血兒賣春女、毒品商人、保險套商人、背包客、非法居留者、國際詐騙集團與人體器官買賣商人等社會底層的生活實況登場。「大部分都會在那個地方過上他們的大半人生，他們之中很少有人可以在死之前離開那個地方。」他們是那樣的他們。主角李奧和賣春女佛洛伊一起生活，並且與各行各業的人有所交流。如此一來，李奧就可以徹底地理解他們的生活嗎？這樣的疑問貫穿了《清晨的娜娜》。

李奧透過與妻子的摩擦了解到「真心地理解他人不是一件困難的事情，而是一件不可能的事情」。同樣的領悟也展現在李奧看待世界與人生的開放態度上。「世界上所有人都是賣春女。」──艾力克的話或是「我們之中誰都是以賣春的方式生活過的」──李奧的自覺都未包含對於人的偏見與先入為主之見。在特定的情況裡，任誰都無法從這樣如賣春的情況裡獲得自由的。那樣的選擇跟行動都不存在著任何外部世界所謂的道德問題。我們有必要再回味一下在小說後半段登場的李奧的獨白。

因為我們之中，沒有誰不是殺人犯。因為我們之中沒有誰不是背叛者、小偷、犧牲品。從輪迴的風車裡吹來的永劫的風讓所有靈魂的經歷都是平常的。只是先後順序

> 不一樣、今時今日我們所扮演的角色不一樣而已。我們
> 之中誰都是以賣春的方式生活過的。

在大家都對於殺人犯、背叛者、犧牲品、賣春女等有
負面評價的情況裡；在排斥、孤立他們的社會裡，這樣的發
言，借用哲學家阿甘本的話來說，我們可以看出作者對於
「HOMO SACER」抱持著開放的態度。我們沒成為賣春女只
是因為在這個世界上我們扮演著其他角色而已。

李奧為了可以親近、理解在泰國紅燈區工作的各種群體
的生活而不斷地努力著。在這裡KATHOEY是跨性別者的簡
稱。我們可以從李奧苦惱著要用什麼方式跟在泰國曼谷人口
達到數百萬跨性別者對話的小說場面知道小說主角的內心世
界。李奧是一個有開放思想、試圖與脫離正常性別的跨性別者
交談的人。

儘管李奧有著開放的態度，但是這種試圖理解他人的努
力還是不得不地會遇到瓶頸。「李奧與那個街道上的所有人成
為朋友，但他依舊是異鄉人。」「不是被賣春女迷惑的買春
客，而是以那個地方的居民的身分生活著。即使如此他還是時
常感受到自己是一個異鄉人，還是無法擺脫掉自己處在那些
人的外部世界的感覺。」「李奧還是一個無法共享SUKUMVIT
SOI祕密的異鄉人」這些小說句子都象徵著那樣的瓶頸。作為

那個地方的居民，吃著一樣的飯，穿著一樣的衣服，在他們之中生活著，即使如此，他還是從韓國來的異鄉人，這個基本事實是不會改變的。這個場面告訴我們：一個外部來的人，再怎麼努力想要內部場域的一份子，在那裏還是存在著嚴謹的界線。李奧的努力之所以會有瓶頸是因為理解他者的這件事上本身就是有困難的。當然李奧也知道要理解他者是一件多麼困難的事情，要完全理解他者是一件幾乎不可能的事情。但即使如此，他還是靠近紅燈區居民的心，只是他還是聽到「不要說你理解，那是所有賣春女都覺得骯髒的話」。紅燈區的居民本能地意識到「要理解一個跟自己有著完全不一樣生活與經驗」的這句話是如何可以輕易地脫口出的。

艾力克這樣地對主角李奧說。「李奧，聽好我說的話。如果想要愛上誰的話，那就需要誤會。如果沒有誤會的話，我們誰都無法愛上」結果李奧知道了「世界是被關在無數的誤會之中的，所謂『我們』的存在，它本身也是一種誤會。」這樣的態度是不是比起覺得自己已經理解他人的傲慢來得成熟呢？這樣看來，「清晨的娜娜」：告訴我們要完全理解他人是一件不可能的事，儘管如此我們還是不可能不去努力理解他人。這本小說有趣地傳達了這樣彼此矛盾的命題。這也是一本告訴我們：理解誰的這件事其實就是無法從誤會裡獲得自由的反證。這樣的話，我們就有必要注意李奧的獨白了。

　　這樣看來，在SUKUMVIT SOI裡，李奧沒有真正地了解過任何一個人，專門從事肛門性交的賣春女YOUNGDO（譯）、已經結婚的有夫之婦卻瘋狂地花大把鈔票出入夜店的麗莎（譯）、死後成為芭塔雅塵埃的可憐KAI都是。或者像是SUN、宋魯言（譯）、吳維娜（譯）、艾力克（譯）等那些不是賣春女的人也是一樣。從這個角度去看，在泰國六個月的旅行是失敗的。此時，李奧只想要從後面的狗洞裡逃走。

　　從這個場面裡我們可以看到李奧覺得自己沒有辦法完全地理解紅燈區裡的人們，並且開始回想在那裏度過的那段時光。他認為「在泰國六個月的旅行是完全失敗的」。但是仔細想想，在人生裡不存在著所謂的完全失敗。那樣的失敗是達到成熟的一個過程。就像劇作家薩繆爾‧貝克特所說的經典名句，「再失敗一次，更好地去失敗一次。」，這句話值得我們再去細細回味一番。

　　在作品的結尾部分，李奧對於旅行的意義有如下的看法。

　　　旅行彷彿使我們有所改變。從無聊、煩悶的日常生活
　　　中脫離，與不一樣的風土民情、異國表情相碰的話，
　　　煙火會與內心的爆炸聲一起爆發。但是之所以會在那
　　　裏感嘆，是因為我們是旅客而已。轉眼流逝的陌生風
　　　景不會在生活裡留下深刻的痕跡，就像偶然的玩笑一

般愉快，就像是為了回去以後的襤褸生活而存在的照片裡的單薄浪漫。這些都是已經約定好的東西。

現在他將自己在泰國紅燈區度過的那六個月的時光定義為「旅行」。但是那個旅行無法成為一個成功的旅行。「真正的旅行是離開故鄉以後就不回來的那種。李奧無法那樣。」現在他承認自己的瓶頸與那旅行的失敗。當然。當自己覺得自己是旅客的那瞬間，他就無法成功地融入當地社會了。李奧為何會不得不地有那種想法呢？「不管怎樣這個街道好像不怎麼喜歡我，太長的一段時間裡都是異鄉人，我應該要回去我本來所在的地方」的發言裡，暗藏著他的祕密。是不是像這樣覺得自己是「異鄉人」的意識反而使李奧無法與他們接近呢？

在這裡我們可以發現一個有趣的事實，李奧這樣的想法與決心正是誤會的所產。實際上SUKUMVIT SOI的人們都很喜歡李奧，也都不覺得他是異鄉人。但是我不被理解的想法，也就是說被他者們誤會的想法本身就是一種「誤會」。這個場面清楚地告訴我們人與人之間的理解與交流是多麼細微的一件事。

仔細想想的話，李奧跟街道上的人麼之間存在著決定性的差異。與隨時都可以離開的李奧不同，他們到死亡之前都幾乎不可能可以離開那個地方。這樣的差異對於他們的實存與行為有很大的影響。

舉例來說，主角李奧的旅途是一場透過與無數生活於社會底層的人的相遇，進而了解到理解是一件不可能的事情的過程。那場旅行已失敗收尾。但是比起任何一種輕易的理解，那樣的失敗使他更加的成熟。所有的旅行、所有的相遇也都是失敗與挫折的紀錄。但是，沒有那樣的失敗，我們一步也無法往前走。

3. 同化、異化、熱情接待：〈喀比島〉

以泰國喀比島地區為空間的短篇小說〈喀比島〉透過海外旅行來深刻地描寫心靈氣流。那可以說是同化與異化，交感與疏離感之間變奏的過程。請看以下的文章。

> 一天的晚間，被某地給吸引了一般，走向了化石絕壁。從遠處開始傳來了喀比島的呼吸聲。但不知道那是低浪輕撫暗礁的聲音還是老橡樹輕輕傾斜的聲音，抑或是雞蛋花落地的聲音，或者是原始山林保護區的家族發出的寧靜的夢囈。

小說話者以到達將喀比島擬人化的程度來表現自己對喀比島的深刻感覺。對於他來說，從這個地域聽到的聲音是

「呼吸聲」跟原始山林保護區傳來的夢囈一樣。主體與客體，人類與大自然積極交感的場面。在這裡沒有存在任何的異國情調或是他者性。接近自然地同化與浸透的境界。因此出現了這樣的敘述：「甚至都無法知道位於傾斜的崩積土上的高粱田的深度與其深處的黑暗都像神靈的禁戒一般保護著我。緊接著沒有音樂才能的我慢慢地走向邊處的熱帶樹木，並用手摸摸牠旁邊的石塊。」那樣的時間就是「充滿交感的晚上」。

　　但是，那樣的交感帶來了巨大的危機。因為嚴重的暴雨與急流，喀比島的美麗風景開始崩壞。與他的安穩交感開始消失的瞬間。那樣風景是這樣地被描寫著：「被多情的理解所迷惑的那段時間裡，喀比島讓我的愛發展成了極度露骨的執著。」主角暫時離開喀比島幾天以後再回來。再次回來看到的喀比島被這樣的描寫：「喀比島的臉色太蒼白了。以留下的災殃痕跡為背景，所有的事物都看起來衰老與頹敗。」「曾經遇到的所有旅客都正逃往其他城市，哪裡都沒有所謂的『喀比島的』」。現在的主角對於喀比島只感覺到陌生的他者性。以前那個與他交感的「喀比島」已經不復存在了。

　　那樣的危機與分裂讓主角感受到自己用全身在接納「喀比島」的傷痕與毀損，也就是「我的身體被喀比島給滲透」。並且開始慢慢地克服它。天氣放晴後的風景與主角的心情是這樣的被描述著。

> 我的肉體已經經過柏油路，滲入土地裡了。靈魂向著
> 大氣飛散開來中。是那樣的。成為沾染在雞蛋花瓣上
> 的風、成為藏身在雲朵之間的半個熱帶瞳孔。就像蒸
> 氣一般冉冉上升的石灰岩氣味、流過紅樹林間江水的
> 呢喃，同時，成為輕柔地去擁抱在奈米岩2號國度裡，
> 開始腐敗的異鄉人屍體的那陣風。是那樣的。是那樣
> 的。我成為喀比島了。

　　這應該就是最自然的同化境地了吧。此時，主角覺得
自己跟「喀比島」融合為一體了。這本小說透過將泰國地名
「喀比島」擬人化來告訴我們要去理解一個對象或是他者且
彼此交感的這件事是多麼不容易的一個過程。這真是一個令
人印象深刻的手法。若此，「喀比島」就不僅僅只是一個地
名了。我們可以說它是一個我們想要去理解、想要去愛的對
象，但是終究不輕易允許我們去愛、輕撫它的一個存在。

4. 結語

　　根據朴馨瑞的兩篇小說，我們可以知道長久以來支配韓
國旅行小說的浪漫異國旅行觀已經崩解了。也就是說《清晨的
娜娜》、〈喀比島〉正在解構浪漫的渡假勝地——東南亞旅行

的概念。在這兩個小說裡，不存在著任何對旅行的幻想與甜蜜的羅曼史。取而代之的是，為了理解他者而努力的內心殊死戰以及對於理解他者這件事情上失敗者的苦澀自覺。

這樣生動的感覺是從主角李奧的態度：「不是被賣春女迷惑的買春客，而是以那個地方的居民的身分生活著。」開始的。而這也是作者朴馨瑞的態度。但是《清晨的娜娜》裡的李奧在成為那地方「居民」的這個部分失敗了。儘管他自己不斷地努力，但終究連他都清楚地知道自己還是一個隨時都可以離開的浪漫旅客。很諷刺事實——對於那樣失敗的自覺反而產生了這本小說。如果李奧完全地與那個社會同化的話，如果他完全成為那個地方的居民的話，我們也許就無法與這本小說相遇。

我們現在聚集在這個場合也是一個為了努力理解彼此的珍貴過程。但是當我們輕易地覺得自己充分地理解他者的時候，也許就是最傲慢、最危險的瞬間也說不定。承認彼此間存在的他者性，並切實地感受自我認知裡的侷限，了解到我不管怎樣努力都無法徹底理解他者，但我還是要持續地努力去理解他者等等都是必要的事情。正式透過這樣的過程，我們才可以擁抱彼此的存在與傷痕。我想敞開心胸去與台灣、日本等他者相遇。討論彼此文學的過程會成為與彼此相遇、理解彼此的管道，這樣的管道是具有深刻意義的。

「身心障礙」與「跨國旅行」：
在瓊瑤小說看見「簡愛」腳本[1]

紀大偉

國立政治大學台灣文學研究所副教授

1. 從《簡愛》到瓊瑤小說

　　本報告試圖將「廣義」的跨國旅行（例如出國留學）帶入新興的「身心障礙研究」（disability studies）領域。「跨國旅行」和「身心障礙」這兩者乍看無關，但是本文卻在瓊瑤（1938-）小說中發現這兩者的微妙分工合作：跨國旅行往往意味「自由」，身心障礙則意味「不自由」。這兩者可能互補，也可能互相排斥。

　　這篇論文企圖從「指認」台灣通俗小說（瓊瑤小說）中的身心障礙，邁向為這些文本表現做一點「論述」的過程。這個企圖，就是筆者期待這篇報告帶給台灣文學研究界的一點點

---

[1] 本文經過兩位匿名審查人審查通過。筆者感謝兩位審查人惠賜詳細寶貴意見。筆者已經根據審查人意見盡力修改稿件。任何力有未逮之處，都由筆者自負責任。

微薄貢獻。從「指認」邁向「論述」的這個過程，可以從檢視「指認」這個動作開始。這裡的指認，是指「認得」、「認出來」、「認識」。本文看重「認識」，是受到強生（Merri Johnson）和麥克魯爾（Robert McRuer）這兩位英語系國家障礙研究學者所刺激。他們提出「cripistemologies」這個新造詞（可暫譯為「障礙認識論」）[2]。「認識論」聽起來好像玄奧的哲學術語，簡單來講就是「知道不知道」的課題。「障礙認識論」就是在談人們怎麼知道、怎麼不知道（也就是怎麼「忽略」）障礙的存在（例如，讀者怎樣看到——或怎樣視而不見——文學中的障礙角色）。筆者對認識論產生興趣，是因為經常遇到「台灣文學裡頭有身心障礙嗎？」「如果真的有，那麼我這個熟讀台灣文學的讀者怎麼不知道？」這類問題。這個問題，追根究柢，就是遇到認識論的關卡。

本文第一段提出「自由vs不自由」的對比。這個對比放在討論瓊瑤小說的場合尤其適切：如林芳玫在《解讀瓊瑤愛情王國》指出，瓊瑤作品早就以推崇「自由戀愛」的立場著稱[3]。本文的工作則是要追問：瓊瑤作品中的自由戀愛，到底建立在

---

[2]　「Cripistemologies」這個詞首見於*Journal of Literary & Cultural Disability Studies*（Jan 2014）這份從文學學門立場出發的障礙研究學術期刊。「Cripistemologies」這個詞出現之後，*Journal of Literary & Cultural Disability Studies*也持續刊出討論這個詞彙的論文。

[3]　林芳玫，《解讀瓊瑤愛情王國》（1994）（台北：商務，2006），頁56。

什麼「物質基礎」上？說到物質條件，熟悉瓊瑤的讀者不免想到金錢：誠然，正是因為瓊瑤小說的俊男美女角色不愁吃穿（不擔心物質條件），才有本錢投入自由戀愛。但本文要轉而留意物質層面另兩個比較不受重視的環節：「身心障礙」和「跨國旅行」。身心狀況（所謂「健康」與否）本來就是物質（matter，或material）的課題；跨國旅行需要金錢資本、文化資本等等物質條件促成。

　　跟「跨國旅行」相比，「身心障礙」這個關鍵詞跟瓊瑤小說的緣分比較為人所知。早在障礙研究在台灣興起之前，林芳玫就在1994年出版的專書《解讀瓊瑤愛情王國》指認出瓊瑤小說中的種種病人[4]。二十一世紀的讀者只要採取身心障礙研究的「後見之明」（hindsight）就會發現：林芳玫指認的種種病人角色原來就是多種身心障礙者。近年來，列舉瓊瑤作品中多種身心障礙的碩士論文也已經出現[5]。既然既有文獻已經「指認」出瓊瑤小說中的多種身心障礙，那麼本文就要超越「指認」身心障礙的層次，更進一步攬起「論述」身心障礙的工作。

　　身心障礙研究的執行單位經常是醫療學門和社會科學學門。不過，英語系國家的文學學門不落人後，也投入身心

---

[4]　同上，頁62。
[5]　黃薇蓉，《瓊瑤小說中的殘疾書寫研究——以六〇～八〇年代作品為論述中心》，（台中：國立中興大學台灣文學與跨國文化研究所碩士論文，2012）。

障礙研究的世界。例如，由英美身心障礙暨文學研究者薄特（David Bolt）、羅達斯（Julia Miele Rodas）和多納森（Elizabeth J. Donaldson）在近期合編出版的《瘋女盲男：《簡愛》、論述、身心障礙》（*The Madwoman and the Blindman*: Jane Eyre, *Discourse, Disability*）這本論文集就尖銳指出，膾炙人口的英國著名小說《簡愛》充滿了身心障礙的意象與議題，但是歷年來的評論者們經常忽視《簡愛》的身心障礙線索[6]。也就是說，身心障礙並不見得藏在（眾人找不到）冷門文本裡，反而可能早就在（眾人隨手可得的）熱門文本裡頭，等著被正視。筆者受到《瘋女盲男》這本論文集以及英語系國家文學學門的思潮啟迪，也試圖在台灣文學領域進行身心障礙研究。本文聚焦在三部瓊瑤小說：《菟絲花》（1964）[7]、《月滿西樓》（1967）[8]、《庭院深深》（1969）[9]。本文選擇鎖定可以在書店和圖書館輕易找到的瓊瑤小說，是為了證明身心障礙早就在台灣文學現身。而且，相關文本未必冷僻，而大可以是普及率極高、易達性高的（highly accessible）通俗小說。本文特別留意眾多瓊瑤小說中的其中三部，是因為瓊瑤自己在《庭院深

---

[6] Julia Miele Rodas, Elizabeth J. Donaldson, and David Bolt, "Introduction." *Mad Woman and Blindman*: Jane Eyre, *Discourse, Disability*. Columbus, OH: Ohio State University Press, 2015. 2.

[7] 瓊瑤，《菟絲花》（台北：皇冠，1964）。

[8] 瓊瑤，《月滿西樓》（台北：皇冠，1967）。

[9] 瓊瑤，《庭院深深》（台北：皇冠，1969）。

深》裡頭早就直接向《簡愛》致敬[10]，也是因為林芳玫早就指出《簡愛》影響《菟絲花》、《月滿西樓》、《庭院深深》這三種小說的事實[11]。英國的簡愛故事是「原版」，瓊瑤小說中的豪宅孤女橋段是「拷貝」、「改編」：文化翻譯（cultural translation）形同將簡愛一路運送到台灣。

2. 思潮的前浪與後浪

既然本文篇幅有限，那麼本文的任務並不是要「全面」探討「簡愛在台灣的受容」，而是要「局部」聚焦於「簡愛激發的思辨」。說詳細一點，既然《簡愛》在英語系國家的文學學門已經激發一波一波思辨（至少包括女性主義思潮、後殖民研究思潮、身心障礙研究思潮），那麼本文要想像：台灣有沒有類似文本可以激發類似的論述角鬥場？既然《簡愛》在英美學界成為不斷翻新的戰場，那麼台灣作品，例如深受《簡愛》影響的瓊瑤小說，可以提供類似的辯論場域嗎？

---

[10] 在《庭院深深》的男主角和女主角十年之後重逢時，因為失明而沒有認出女主角是誰的男主角譏諷女主角說：你這個女子，來到廢墟遇到失明的我，你簡直可以收集材料寫出《簡愛》、《咆哮山莊》或《蝴蝶夢》之類的小說。男主角這番話顯示他以及小說寫作者（瓊瑤）都很清楚《庭院深深》是在《簡愛》的巨大影響之下產出。瓊瑤，《庭院深深》（1969）（台北：皇冠，2011），頁3。

[11] 林芳玫，《解讀瓊瑤愛情王國》，頁63。

在英語系國家，在《簡愛》被詮釋的過程中，女性主義思潮、後殖民研究思潮、身心障礙研究思潮前仆後繼，後浪推前浪。女性主義文學研究者讓委身在《簡愛》背景的貝爾莎一路拉到舞台前景，稱她為「閣樓上的瘋女人」[12]。根據這些女性主義研究者，貝爾莎代表女性人口，閣樓代表了囚禁女性的父權。因為父權迫害，女人才變成瘋子。同屬女性主義陣營的學者也聲稱，羅徹斯特在火災之後成為視障者、肢障者（指手部傷殘），象徵父權代言人被閹割[13]。但是後殖民研究學者認為，既有的女性主義詮釋只重視性別位階卻忽略了種族位階。後殖民研究學者將焦點轉移到跨國旅行，將《簡愛》視為英國殖民者和西印度群島被殖民者的角力場：史畢娃克（Gayatri Spivak）指出，正因為羅徹斯特跨國旅行，從英國前往西印度群島，榨取財富並且跟當地有色人種美女貝爾莎婚配，這個英國男人後來才得以再一次跨國旅行回英國，用大把

---

[12] 見Julia Miele Rodas, Elizabeth J. Donaldson, and David Bolt, "Introduction," 3. 指出，Sandra M. Gilbert和Susan Gubar的著名著作《閣樓中的瘋女人：女性作家以及十九世紀文學想像》主張。*The Madwoman in the Attic: Women Writers and the Nineteenth-Century Literary Imagination* (1979). New Haven, CT: Yale University Press, 2000.

[13] 見Julia Miele Rodas, Elizabeth J. Donaldson, and David Bolt, "Introduction." 2. 指出，Richard Chase將羅徹斯特的肢體障礙解讀為一種象徵性的閹割。Richard Chase, "The Brontes, Or Myth Domesticated" (1948). In *Jane Eyre: An Authoritative Texts, Backgrounds, Criticism*, ed. Richard J Dunn, 462-71. New York: Norton, 1971.

財富大興豪宅，把野性美的貝爾莎關在家。根據史畢娃克，
貝爾莎在英國陷入瘋狂並且淪為囚徒，是英國殖民剝削的縮
影[14]。但是潛伏已久才終於爭取夠多可見度的身心障礙研究學
者則發難，指出女性主義學者和後殖民研究學者半斤八兩，都
只將《簡愛》中的身心障礙視為「工具」（means），卻沒有
視為「目的」（ends）[15]。從身心障礙研究的立場來看，這些
前行研究都只將身心障礙視為跳板一般的譬喻，而不能正視身
心障礙自身的物質層面，彷彿身體心理的物質層面不值得研究
者花時間研究。上述的心態將身心障礙視為跳板，一看到瘋女
人貝爾莎就跳到男女不平等、殖民剝削等課題（卻把精神障
礙的苦難拋在腦後），一看到羅徹斯特的視覺障礙和肢體障
礙就跳到閹割意象（卻把視覺障礙和肢體障礙的苦難拋在腦
後）。前行研究針對男女不平等、殖民剝削的熱烈批判，剛
好建立在對身心障礙物質層面全然冷漠之上。換句話說，前
行研究者形同「身心健全主義」（ableism）的共犯：這種意識
型態只看得到／只承認身心健康毫無瑕疵的所謂「正常人」
（normate）[16]，卻看不到／否認身心不符合主流價值觀的社會

---

[14] 見Julia Miele Rodas, Elizabeth J. Donaldson, and David Bolt, "Introduction."
3. 指出, Gayatri Chakravorty Spivak, "Three Women's Texts and a Critique of
Imperialism," *Critical Inquiry* 12.1 (1985):243-61.

[15] Julia Miele Rodas, Elizabeth J. Donaldson, and David Bolt, "Introduction." 1-9.

[16] "Normate" 是Rosemarie Garland-Thomson 創發的新詞。見Rosemarie
Garland-Thomson, *Extraordinary Bodies: Figuring Physical Disability in American*

邊緣生命體。

　　剛才的文獻回顧顯示，在英語系國家，女性主義思潮、後殖民研究思潮、身心障礙研究思潮在學界爭奪地盤——例如，它們爭取《簡愛》的詮釋權。這一波波思潮旅行到台灣之後，倒沒有必要瓜分地盤，反而需要結盟合作。畢竟，在英語系國家，上述幾個流派各有悠久歷史，各自累積了厚實的本錢與包袱。但是在論述難以生成、難以累積的台灣，這些流派並沒有各行其是的時間（指累積論述的歷史）、空間（指論述得以闖蕩的空間）。在接下來的文本觀察中，筆者留意文本中性別身分與身心障礙身分的「交織」（或稱「交織性」，intersectionality）：例如，瓊瑤筆下的發瘋女子，既是精神障礙者（因此受到身心健全主義壓迫），也是女性（因此受到性別歧視壓迫）。筆者也要釐清：本文所指的交織，不只來自於精神障礙身分（精神障礙者）和性別身分（女性）交錯，也來自前兩者身分跟階級身分（窮人或富人）的鑲嵌[17]。也就是說，一個人貧窮與否也會決定她／他承受壓迫（身心健全主義的壓迫、性別歧視壓迫）的力道多寡。

　　不過，本文在分析瓊瑤小說的時候，暫時不會直接沿用後殖民的論述。這樣取捨並不是因為「大國vs小國」的權力關

Culture and Literature (1997). New York: Columbia University Press, 2017. Xii.
[17] 筆者感謝審查人之一提醒本人留意「階級」在「交織」中的角色。

係只在《簡愛》中存在、卻在瓊瑤小說中缺席。恰恰相反。在《簡愛》中，「大國vs小國」的權力關係發生在英國和西印度群島之間；在瓊瑤小說中，「大國vs小國」的權力關係則發生在中國和台灣之間（例如《菟絲花》），美國和台灣之間（例如《庭院深深》），以及英國和台灣之間。正因為美國大而台灣小，《庭院深深》的角色才會脫離台灣的枷鎖並且奔赴美國尋求自由。正因為英國大而台灣小，台灣作家瓊瑤才會試圖模仿英國經典小說《簡愛》，但是英國並不會有作家想要模仿台灣作家（例如去模仿瓊瑤）。但是，瓊瑤小說洩漏的種種跨國旅行不能輕易等同《簡愛》揭發的殖民剝削：瓊瑤小說牽涉的跨國旅行是「去政治化的」（不容易讓讀者找到可以討論政治的空間）；《簡愛》寫出的殖民傷痛是「高度政治化的」（很容易讓讀者找到議論政治的空間）。這兩方的差別可以訴諸於兩個截然不同的社會脈絡：瓊瑤寫作當下的台灣社會對殖民問題（以及其他種種棘手的政治議題）不甚了然，但是《簡愛》面世當下的英國社會對殖民問題卻敏感關切。如果本文將去政治化的瓊瑤文本詮釋為高度政治化的殖民議題文本，恐怕就太輕易打發了「瓊瑤文本太去政治化」這個燙手山芋。在有限篇幅內，本文只能暫時懸置殖民議題，改而專注於瓊瑤文本內的跨國旅行。

3.「被前景化」的身心障礙，「被背景化」的跨國旅行

　　本文接下來簡單扼要介紹三種瓊瑤小說，不但要指認它們跟《簡愛》類似之處（畢竟既有文獻已經進行這種指認），也要說明它們怎樣在文本裡頭安插跨國旅行（既有文獻並沒有強調這三種小說裡的跨國旅行）和身心障礙。這三種小說都將身心障礙置於舞台前景（foreground），並且將跨國旅行置於舞台背景（background）。《簡愛》書中主要角色有三：簡愛，羅徹斯特（某神祕豪宅的男主人），以及貝爾莎（羅徹斯特藏匿起來的元配）。《菟絲花》、《月滿西樓》、《庭院深深》也都有幾乎一模一樣的角色安排。

　　這三種瓊瑤小說揭幕的橋段，都是「孤女簡愛登場」，更詳細說就是「孤女簡愛闖入豪宅」。在這三種小說之中，《菟絲花》最早出版。《菟絲花》一開始，失去雙親的少女憶湄（如同簡愛），從高雄來到台北，投靠亡母的老友羅教授。羅教授（如同羅徹斯特）擁有花園豪宅，可以收容憶湄。三種小說中，《月滿西樓》的知名度最低，可能因為故事太單薄。《月滿西樓》一開始，孤女美薇（如同簡愛）前往綠意盎然的豪宅，應徵包吃包住的祕書工作。三種小說中，最晚出版的

《庭院深深》知名度最高，部分因為它被多次改編成影劇。《庭院深深》大刀闊斧改編《簡愛》：它將簡愛的故事說一遍，然後再說一遍。既然這本小說將簡愛的故事說了兩遍，那麼故事裡的角色也就都「活了兩遍」。《庭院深深》一開始，「曾經」是孤女的含煙，散步走到已經燒毀的「含煙山莊」廢墟；原來，十年前，還是少女的孤女含煙（如同簡愛）就已經來過同一個地方（當時「含煙山莊」還沒興建）。含煙活了兩遍，因為曾經瀕臨死滅的她，在一貧如洗之際，被跨國旅行的機會賦予新生命：本來學歷不高、身無分文的孤女含煙，因緣際會，竟到美國留學，在美國取得高學歷、好工作、好男友（當然是白人），從缺乏自信的弱者轉變成為有自信的強人。跟《簡愛》的血淋淋跨國旅行（英國剝削西印度群島之旅）相比，《庭院深深》的跨國旅行（含煙到了美國，就麻雀變鳳凰，從人下人變成人上人）的確太一廂情願。《簡愛》裡頭的跨國掠奪可以納入批判的殖民歷史討論，可是《庭院深深》裡頭的跨國成功只能幫「美國夢」的意識型態背書。可是，筆者認為《庭院深深》的美國夢故事雖然天真，但仍有參考價值：《庭院深深》剛好反映了台灣社會在該書出版時刻（1960年代末）對美國的全面崇拜，以及對美國夢意識型態的全盤接受。含煙在美國的幸運遭遇可能違背事實，但是含煙美國夢成功可能被當時台灣讀者視為理所當然的事實。

　　三種小說安排的第一椿高潮，則都是「孤僻男子羅徹斯特登場」，詳細說來就是「簡愛撞見豪宅的孤僻主人羅徹斯特」。《菟絲花》中，憶湄遇到怪脾氣學者羅教授（甚至剛好跟羅徹斯特一樣姓「羅」）。《月滿西樓》中，美蘅在前往豪宅途中，就已經遇到她還不認得的粗魯大地主石峰──這個橋段跟簡愛初次見到羅徹斯特的經驗一模一樣。《庭院深深》中，含煙在山莊廢墟巧遇視障男子柏霈文。柏霈文因為山莊失火而失明，卻死守廢墟不願離開──他就像是《簡愛》全書最後面、火災之後的羅徹斯特。形同「廢人」的霈文留在「廢墟」不走，因為他等待奇蹟出現：他相信神祕失蹤、形同死亡的前妻含煙總有一天回到含煙山莊的廢墟來找霈文。當初霈文跟含煙新婚，富豪霈文興建了取名含煙山莊的莊園送給含煙；後來含煙離奇失蹤，霈文自己不小心引火燒毀山莊。雖然含煙舊地重遊的時候隱瞞霈文自己就是含煙本人（失明的人被隱瞞，是通俗小說、通俗電影的老套橋段），但是霈文終究從各種線索發現含煙本人回來了。對霈文來說，回家的含煙「重新做人」。

　　含煙的重新做人有三個意思。一，書中角色們以為她「死而復生」：以為她多年前死於意外，未料多年後她以新名字、新身分，重起爐灶，回來看柏霈文。二，她被「跨國旅行」改造：即本文先前提及的麻雀變鳳凰過程。三，她被

「身心障礙」的主體所「重新認識」：對男主人翁霈文這個
主體來說，在失明之前，含煙是一個滿足「視覺快感」的客
體；在男主人翁失明之後，含煙變成一個必須改用聽覺、觸
覺、嗅覺（「非視覺」的種種知覺）來重新認識的新對象。
「身心障礙者的性權」（享受性的權利）是個新興議題。這個
課題正好可以在（失明後的）霈文和（重新做人的）含煙的互
動過程（不靠視覺的互動過程）中找到強烈的呼應。一個突然
被迫成為身心障礙者的人（霈文），要如何擺脫自己的性壓抑
（一般而言，身心障礙者往往被剝奪情慾機會[18]，要如何重新
認識自己的情慾對象（性的客體，在此指含煙），要如何重新
建立自己的情慾主體性？

　　這三種小說展現的第一個困境，都來自「貝爾莎登場」。
這個困境就是「女主人翁簡愛跟貝爾莎勢不兩立」。在異性戀
羅曼史的框架中，簡愛跟羅徹斯特這對男女雖然不斷發生摩
擦，但這對異性男女終究要締結良緣。但是書中兩名女性角色
無法和解：貝爾莎是羅徹斯特的元配，簡愛終將是羅徹斯特第
二任妻子，兩名女人不共戴天。小說為了讓簡愛可以名正言順
取代貝爾莎，讓讀者心服口服，那麼就要讓簡愛展示人見人愛

---

[18] 身心障礙者的性苦悶、性事的被剝奪感，該如何處理，已經是常見
的身心障礙研究課題。範例很多，例如Robert McRuer and Anna Mollow,
Sex and Disability. Durham, NC: Duke University, 2012. 43.

的善，並且讓貝爾莎體現人見人厭的惡。什麼樣的女人惹人厭呢？從障礙研究的立場來看，《簡愛》中，被迫讓人厭惡的女人，就是精神障礙者。在小說讀者眼中，簡愛飽受不可理喻的貝爾莎所騷擾。但是沒有人有正當藉口可以排除貝爾莎，也沒有人有正當藉口可以讓「簡愛」扶正：羅徹斯特和簡愛都缺乏消滅貝爾莎的正當性，只能默默期待貝爾莎自生自滅。貝爾莎最後縱火燒死自己，算是讓男女主人翁鬆一口氣。

　　三種小說中的貝爾莎角色都很潑辣。《菟絲花》中，羅教授的妻子羅太太是精神障礙者，經常鬼魅一般驚嚇憶湄。羅太太擔憂憶湄進入羅宅之後、搶奪羅宅諸多男子（例如羅教授）的愛。也就是說，羅太太（急需男人疼愛的女人）跟憶湄（輕易成為男人疼愛對象的女孩）終究不共戴天。既然這兩名女子一次又一次發生衝突，憶湄在整部小說中也就只好一次又一次忙著打包準備離開羅宅——只要羅太太還在，女孩就不能留下來。一直要到羅太太自盡身亡，憶湄才在羅宅定下來住。《月滿西樓》中，類似貝爾莎的角色則有兩個人：一個是石峰本人的現任妻子——她已經拋棄石峰，跨國旅行，到美國追求一名商人；另一個是石峰胞弟石磊的現任女友小凡——小凡這位精神障礙者暨心臟病患被關在「瘋人院」裡。女主人翁美蘅不必跟石峰的元配競爭，反正對方已經移居美國；美蘅卻被迫跟小凡競爭，因為石家兄弟異想天開，希望面目姣好的美

薇可以成為小凡的替身，成為石磊的女友。小凡心臟病發作身亡，正好讓石家兄弟放下心上一塊大石頭。《庭院深深》中，霈文的現任妻子艾琳是霈文跟含煙復合過程中的最大阻礙。但艾琳雖然兇悍，卻不是精神障礙者，也不必藉著死亡離開小說敘事舞台。後來艾琳自行離場，含煙馬上「遞補」艾琳留下的妻子位置和平轉移政權。

　　貝爾莎一般的女子是否可以存活下來，要看她是否被賦予移動能力（mobility）。移動能力是足以決定生死存亡的物質條件。《庭院深深》的悍妻艾琳，跟上述各種貝爾莎一般的妻子不同，不至於死，就是因為富裕的她享有本錢、享有自主性高的移動能力。在她之前的女人們沒這麼好命。在《簡愛》中，貝爾莎並不是從西印度群島跨國旅行到英國的主體，而是客體：她形同「性奴隸」，被迫運送到英國。不被賦予移動力的她無處可去，沒有出口，只得用盡各種手段尋求解脫。死，剛好就是最方便的解脫之道。在《菟絲花》中，羅太太也是跨國旅行的客體，被迫吸附在羅教授身上，隨著男人從1949年之前的中國移動到香港再移動到台灣。沒有自主移動能力的她，下場跟貝爾莎一樣，只有死。《月滿西樓》寫了兩個貝爾莎似的角色：石峰的太太已經是跨國旅行的主體，可以自主奔赴美國追求情夫；石磊的女友小凡則被剝奪任何移動力，只能被迫關在瘋人院，只能等待死神。石峰的妻子跟石磊

的女友形成的多種對比，其中移動能力的對比是關鍵。小說作者瓊瑤同時擁抱了兩種對於女性的不同想像：在寫石峰太太的時候，瓊瑤已經想像足以跨國旅行求愛的台灣女性，享有高度移動能力；在寫小凡的時候，瓊瑤卻仍然將精神障礙者想像為瘋人院的囚徒，不可能有移動動力。這兩種新舊想像或多或少反映了當時台灣社會對於跨國旅行以及精神障礙的認知。到了1969年的《庭院深深》，艾琳不至於走投無路，因為她也被賦予夠多的自主移動能力：她被想像成一個物資條件優越、可以自由駕車出門的貴婦，不需要男性陪伴也不需要男性代駕，可以隨時隨興開車到大台北之外過夜。這時，被剝奪自主能力的角色反而是男性，而不是女性：艾琳的視覺障礙丈夫霈文。

4. 從「自由」到「自由戀愛的物質面」

在《簡愛》的結局，貝爾莎死了，羅徹斯特的豪宅燒毀了，羅徹斯特成為失去財產也失去健康的身心障礙者，但是簡愛這時候卻甘願回到羅徹斯特身邊。換句話說，《簡愛》的結局否定了「跨國旅行」（貝爾莎、豪宅都是跨國旅行的直接、間接戰利品），卻肯定了「身心障礙」（簡愛在全書最後樂意跟羅徹斯特結婚，就等於肯定身心障礙不足以妨礙愛情）。就「自由」這個關鍵詞來看，這個結局否定了自由

（跨國旅行允諾了自由移動）、肯定了不自由（身心障礙總是讓人聯想到動彈不得的感覺）。但是讀者只要將「自由」這個詞調整為「自由戀愛」，就會發現這個結局也可以詮釋為否定了「不自由戀愛」（跨國旅行促成的「羅徹斯特-貝爾莎婚姻」，究竟來自於自由戀愛，還是來自於強迫的配對呢？）、肯定了「自由戀愛」（簡愛偏偏要在羅徹斯特失去財富、失去健康之後才跟他結合，可見她的愛情不受主流的金錢觀、身心健全主義所制約）。如果讀者更進一步，將自由戀愛的物質層面納入考量，那麼這個結局又顯現不同訊息：這個結局否定了動用豪奢物質的跨國旅行、將羅徹斯特在意氣風發時刻的建樹斥為虛妄；這個結局肯定了物質條件簡陋的身心障礙、將羅徹斯特失明後跟簡愛的結合視為與世無爭的滿足。但本文也要註明，一如許多前行研究早就發現[19]，《簡愛》裡頭的身心障礙本身是否可以被接受，要看當事人的性別、種族、障別（視障、聽障等等類別）而定。身為女性、有色人種、精神障礙者的貝爾莎被簡愛故事捨棄，但是身為男性、白人、視覺障礙兼肢體障礙的（也就是，不是精神障礙的）羅徹斯特卻被簡愛故事珍惜。

---

[19] 這裡所指的前行研究，包括剛才提及的《瘋女盲男：《簡愛》、論述、身心障礙》論文集，以及這冊論文集提及的（並且批判的）多種歐美既有研究成果。

在《菟絲花》的結局，（貝爾莎一般的）羅太太自殺身亡，於是（簡愛一般的）憶湄終於可以回到（羅徹斯特一般的）羅教授身邊。書中的跨國旅行發生在羅家兩代男人身上：羅教授在夢境一般的舊中國成為一對兒女的父親（女兒就是憶湄，兒子在不知情的情況下差點跟憶湄談戀愛），羅家公子則去美國讀書（以免跟親妹妹憶湄發生兄妹亂倫）。書中的跨國旅行也發生在羅家兩名女子身上：羅太太是人見人怕的精神障礙者，羅宅花園的園丁老婦是人見人憐的智能障礙者。也就是說，《菟絲花》對於「跨國旅行」和「身心障礙」各有兩種態度。書中的跨國旅行都是男性主導的行動，女性只能配合；身心障礙只發生在女性身上，跟男人無關。羅家父親（羅教授）的異地生活（發生在1949年前的舊中國）埋下所謂孽緣（指近親交配）的種子，羅家公子的跨國旅行（在美國）則是為了迴避所謂孽緣的果實（指他跟親妹妹可能相戀）。值得注意的是，羅家父子享有性別層面優勢（都是男性）和物質層面優勢（都出自優渥家庭），所以他們可以負擔跨國旅行的成本。相較之下，書中女性（因為性別、因為物質）不大可能享有羅家父子的跨國旅行。

與指責殖民剝削的《簡愛》不同，《菟絲花》對於羅家父子跨國旅行牽涉的自由、自由戀愛、自由戀愛的物質層面，都沒有意見——彷彿有錢的男人本來就該享受跟自由相關的

一切，無需置評。（《菟絲花》對（男人的）自由戀愛的唯一警告，就是要迴避近親交配而已。）《菟絲花》對跨國旅行的男人沒有意見，但是對身心障礙的女人就很有意見了。《菟絲花》全書否定羅太太，可能因為她是被認為攻擊性強的精神障礙者，而且是愛搶男人（她不斷質疑憶湄和憶湄的母親憑什麼獲得男人青睞）的女人；這本書持續肯定失智園丁，可能因為她是被認為沒有攻擊性的智能障礙者，而且是與世無爭（自然也就不爭男人）的隱士。另外，羅太太享有物質層面優勢（畢竟她是豪宅女主人），園丁處於物質層面劣勢（她像野狗一樣棲身在花園破爛角落）──這樣的對比強調（資本主義社會的掠奪者）羅太太可鄙，也同時強調（資本主義社會的局外人）智能障礙者園丁可憐可愛。也就是說，羅太太在情慾市場裡頭「過於性化」（too sexualized），而園丁則「被去性化」（desexualized）──所謂「白痴」在刻板印象中本來就是天真無邪這種「美德」的象徵，跟性事無緣[20]。這個園丁因為所謂的天真無邪而被喜歡，也就是被持續封鎖在智障者的刻板印象中。

在《月滿西樓》，身心障礙和跨國旅行都發揮了西方戲劇中「機器神」（deus ex machina）的功能：傳統的西方戲劇

---

[20] 太多研究指出，智能障礙者常被認定為「無性的」、「幼稚的」人。在此只舉一例。Licia Carlson, "Cognitive Ableism and Disability Studies: Feminist Reflections on the History of Mental Retardation." *Hypatia* 16: 4 Feminism and Disability, Part 1 (Autumn, 2001) 124-146. 130.

遇到情節窒礙難行的時候，就會用舞台機關，送出神明或天使一般的角色，讓這個機器神強制解決凡人糾紛[21]。這種機器神在傳統的東亞故事也很常見：故事角色在走投無路之際，仙姑突然下凡解決災厄，將悲劇故事導向喜劇結局。採用機器神的故事可能讓閱聽人心滿意足，但也往往讓評論者、讀者感覺敘事者已經強弩之末、無計可施。在《月滿西樓》的結局，（簡愛一般的）美薇終於有機會跟（羅徹斯特一般的）石峰結合。這對男女之間有兩個阻礙，也就是兩個貝爾莎一般的女人：精神障礙的小凡被認為騷擾美薇，石峰已經有妻子所以不能重婚。但，精神障礙以及重病像是機器神一樣奪走小凡生命，跨國旅行也像是機器神一樣把石峰的妻子從台灣送去美國。既然這兩個貝爾莎一般的角色各別被兩種機器神移除，那麼男女主人翁之間就不再有阻礙，可以「自由戀愛」了。但是自由戀愛這種福利絕不遵守平等原則分配。就性別層面而論，在男女主人翁之間，石峰是自由戀愛的主體，只要他跟前妻解除緣分，他就可以自由去愛美薇。然而美薇只是被迫配合自由戀愛主體的客體：她因為身無分文投靠石家，只能被動等待石峰或石峰的弟弟石磊垂青。如果石峰和石磊都沒有選擇美

---

[21] 身心障礙被文學當作方便好用的「機器神」，可見Jay Timothy Dolmage 討論。Jay Timothy Dolmage, *Disability Rhetoric*. Syracuse, NY: Syracuse University Press, 2013. 56-57.

在內）截然不同：受惠於跨國旅行的女性不再總是被剝奪自由，受害於身心障礙的男性也不再理所當然被賜予自由。就自由戀愛這個福利而言，男女主角在十年前和十年後的境遇截然不同。十年前，霈文和含煙的確曾經「共同」享受自由戀愛（所謂的共同，是以霈文為主、含煙為輔）：年少輕狂、財大氣粗的霈文寧可忤逆家長的反對，也要跟家長看不起的含煙結婚。這裡的自由戀愛被認為是自由的，是因為叛逆了家長。一般理解的自由戀愛，之所以自由，就是跟上一代唱反調。在世代鬥爭中，男主人翁是理直氣壯的自由戀愛主體，而女主人翁只是被迫配合的自由戀愛客體。十年後，霈文跟含煙「各自」而非「共同」爭取自由戀愛。這時候，家族長輩已經過世，自由戀愛的自由不再來自跟家長衝突。經過跨國旅行的含煙不再是自由戀愛的客體，反而成為主體：「重新做人」的她享有選擇的權利，可以選擇美國未婚夫也可以選擇台灣前夫。既然十年後歸來的含煙大可以不要選擇跟霈文復合，那麼男女主人翁只能說各自努力，而非共同追求（被妥協的）自由戀愛。該進一步說明的是，上一句話嵌入「被妥協的」這個形容詞，是為了承認這兩個角色到中年的自由戀愛與其說是全然自由（在這個犬儒的時代，誰敢誇稱誰有徹底的自由？），還不如說是被女兒牽制而妥協的。這對老冤家雖然重新燃起對彼此的情意，但是他們的情意有很大的比例來自於「為了女兒

好」這個考量[22]。這種台灣社會習慣強調的「為了孩子著想」的道德鐵律，比《簡愛》裡頭疼愛女兒（即，簡愛的家教學生）的情感，具有更強烈的強制性。

　　託跨國旅行之福，含煙的社會位置上升了；因為身心障礙之故，需文的社會位置下降了。這兩人不再有從屬關係，反而可以平起平坐，協商復合之道。但需文跟瓊瑤先前寫過的身心障礙角色截然不同，並不輕易逆來順受，並不輕易成為愛情故事中出局的受害者。或許因為需文享有性別優勢（不像之前瓊瑤筆下的障礙者都是女人）、享有物質優勢（不像之前瓊瑤筆下的障礙者一樣窮困），以及享有障別優勢（在瓊瑤小說世界中，精神障礙是被摒棄的，智能障礙和視覺障礙則是被同情的──不同的障別各有不同的社會地位），需文「靈活運用」「身心多項功能」爭取跟含煙談判復合的機會。「靈活運用」「身心多項功能」這個說法，是指失去視覺的需文仍然可以充分利用身心其他跟視覺無關的技能來重新認識含煙，以及重新認識自己。值得一提的是，含煙和需文有辦法各自爭取自由戀愛，都是因為他們都有厚實的物質基礎做為後盾。

---

[22] 筆者感謝審查人之一提醒：含煙中年時期的自由戀愛其實有很大的比例是被女兒牽制。也就是說，含煙跟前任老公復合，一部分原因是為了讓兩人一起生的女兒幸福。

5. 從「指認」邁向「論述」

本文企圖證明：障礙在台灣社會早就熟悉的本土文學裡頭普遍存在（普遍，在此即英文學術常見用語universal），並非特殊罕見（特殊，在此即英文particular）。台灣社會看不到文學中有沒有身心障礙，與其說是因為文學中的身心障礙太少，不如說是因為這個社會對於身心障礙的知識有限，就算遇到文本裡頭的身心障礙也視而不見。本文要藉著回顧瓊瑤小說來證明，身心障礙絕非只在冷僻少見的文本裡頭棲身，反而極可能在大眾可以輕易接觸的文本裡頭亮相。也就是說，本文要澄清，看似「特殊性的」（particular，跟常人隔離的）身心障礙其實是很「普遍性的」（universal，早就跟常人共同存在的）。那麼，為什麼應該是普遍性的身心障礙會被認為是特殊性的（例如，被認為只會在冷僻角落出現）？本文認為，問題出在眾人「認識」（認知等等）身心障礙的「認識論」需要調整、擴充。身心障礙容易被簡化成個人層面的身心問題，可是跨國旅行終究是社會層面的地理政治（geopolitical）問題。本文將「身心」跟「地理」合併思考，算是脈絡化身心障礙的初步嘗試，也是邁向論述的起步。

參考書目

林芳玫，《解讀瓊瑤愛情王國》（1994），（台北：商務，2006）。

黃薇蓉，《瓊瑤小說中的殘疾書寫研究——以六〇～八〇年代作品為論述中心》（台中：國立中興大學台灣文學與跨國文化研究所碩士論文，2012）。

瓊瑤，《菟絲花》（台北：皇冠，1964）。

瓊瑤，《月滿西樓》（台北：皇冠，1967）。

瓊瑤，《庭院深深》（1969）（台北：皇冠，2011）。

Bolt, David, Julia Miele Rodas, and Elizabeth J. Donaldson, eds. *Mad Woman and Blindman: Jane Eyre, Discourse, Disability*. Columbus, OH: Ohio State University Press, 2015.

Carlson, Licia, "Cognitive Ableism and Disability Studies: Feminist Reflections on the History of Mental Retardation. *Hypatia* 16: 4 Feminism and Disability, Part 1 (Autumn, 2001) 124-146. .

Dolmage, Jay Timothy. *Disability Rhetoric*. Syracuse, NY: Syracuse University Press, 2013.

Garland-Thomson, Rosemarie. *Extraordinary Bodies: Figuring Physical Disability in American Culture and Literature* (1997). New York: Columbia University Press, 2017.

Gilbert, Sandra M. Gilbert, and Susan Gubar. *The Madwoman in the Attic: Women Writers and the Nineteenth-Century Literary Imagination* (1979). New Haven, CT: Yale University Press, 2000.

Johnson, Merri Lisa, and Robert McRuer. "Cripistemologies: Introduction." *Journal of Literary & Cultural Disability Studies* 8: 2 (Jan 2014) 127-47.

McRuer, Robert, and Anna Mollow. *Sex and Disability*. Durham, NC: Duke University, 2012.

Richard Chase, "The Brontes, Or Myth Domesticated" (1948). In *Jane Eyre: An Authoritative Texts, Backgrounds, Criticism*. Richard J Dunn ed. New York: Norton, 1971. 462-71.

Rodas, Julia Miele Rodas, Elizabeth J. Donaldson, and David Bolt. "Introduction." In *Mad Woman and Blindman: Jane Eyre, Discourse, Disability*. Columbus, OH: Ohio State University Press, 2015. 1-9.

Spivak, Gayatri Chakravorty, "Three Women's Texts and a Critique of Imperialism," *Critical Inquiry* 12.1 (1985): 243-61.

台日韓當代作家座談會：
此地他方──文學的生態閱讀

主持人：范銘如（國立政治大學台灣文學研究所特聘教授兼所長）

與談人：吳明益（國立東華大學華文文學系教授／知名作家）

　　　　伊格言（知名作家）

　　　　多和田葉子（知名作家）

　　　　片惠英（知名作家）

口　譯：詹慕如（資深口譯員）

　　　　林文玉（輔仁大學跨文化研究所比較文學博士）

逐字稿：王譽潤（國立政治大學台灣文學研究所碩士生）

范銘如： 迎來最壓軸的重頭戲，由台日韓四位重量級代表性作家進行座談。他們都有共同性，除了配合我們的生態主題外，文學寫作上的共同性都是創作非常豐富，關懷主題面向非常廣，形式非常講究，敘事個人風格非常強烈的幾位作家。我先從我右手邊台灣非常熟悉的兩位作家講起。首先介紹我右手邊這位吳明益教授。吳明益教授是我們在台灣生態運動裡面，不管是

在做文學創作，包含詩、散文、小說，和研究上是全方位，以及他自己是投入生態運動最徹底最投入的一位。那其實他本身是一個非常優秀的小說家，生態只是他的小說類型的一種主題。其實像我這次在寫生態論文，我是外行，我是為了這個研討會才開始做這個研究，所以我大量參考吳明益老師的作品。因為我一邊寫論文的時候，一邊覺得自己好心虛，不停責問自己為什麼不邀吳明益來發表論文就好。其實我知道他現在的創作比較專注在小說而不是學術論文，他應該已經感到厭煩。我將心比心，如果能寫小說我也不想寫論文。所以我今天邀請他，以作家身分坐在這裡。在我右手邊的是伊格言。伊格言的創作量沒有像吳明益這麼豐富，但他的創作類型也非常的廣，除了詩、小說外，還有文學批評。他的小說類型關懷重點非常多，除了比較是後鄉土地方式書寫，還有社會寫實，他最有名的是科幻小說《噬夢人》。《噬夢人》用了非常高難度的後現代小說技巧、科幻技巧，和非常困難的心理學技巧，他在挑戰科幻小說是一種通俗文類，那因為《噬夢人》後面有一系列的書系會出來，所以我們還可以靜待考慮。他的《零地點》是非常直接反映311的核災，然後在台灣的反核

運動裡，是非常明顯、積極的文學參與。今天非常高興邀請到他做為共同的與談者。在我左手邊這一位多和田葉子，剛剛已經聽過她的演講了，多和田老師的創作類型變化很多，在我們剛剛聽到多和田老師是日本少數能用雙語創作，一邊用日文一邊用德語創作，非常難得的作家。她觀察的文化角度非常寬廣。她之前的作品非常善用日本的傳統文學，轉化成一種現代女性書寫新文學的創作形式。其實上次我們台日韓當代作家以女性為主題的研討會就很想邀請多和田老師，只是當時繁體字版還沒在台灣出版，剛好我們這個主題和現在《獻燈使》在台灣出版。在會場中我之前唯一不認識的就是片惠英老師，因為在台灣韓文翻譯真的非常少，所以之前我們討論時我有請教崔末順老師有沒有推薦的韓國作家。崔老師覺得片惠英老師的作品非常適合。批判性強，小說中有很多殘酷、殘暴、恐怖、很多屍體，看完心裡都很不舒服。我一聽就覺得這應該是我會喜歡的作品。看完果然覺得崔老師的品味是對的。我想這個議程前十五分鐘就各自針對他們的作品做一點說明。在會議之前，我們已經把有中文版的提供日文韓文的翻譯。接下來三十分鐘，若對各自作品有些提問或感想可以做

些交流。若沒有的話，就請在場觀眾提問。

伊格言： 范銘如老師是我的碩士論文指導老師，她說什麼我是
不敢拒絕。我之前在臉書有說受邀這個研討會的時候
非常心虛，保證比范銘如老師還要心虛。因為你看吳
明益老師的臉書，一下在賞鳥，一下在種地，所以比
起吳明益長期在自然文學的耕耘比起來，我會覺得自
己跟台灣的自然環境不太熟。但是范銘如老師的邀約
我不敢拒絕，所以我只好硬著頭皮來。我想一下我對
什麼東西比較熟，就是《零地點》這本書。今天比較
高興的是我的《零地點》日譯版下個月要在白水出版
社出版，我的編輯山本小姐今天也有來，她拿封面給
我看。但是她聽不懂中文，所以不知道我現在提到
她。我對封面不是非常滿意，但是可能還是要尊重出
版社。我寫《零地點》是因為政治環境的催逼所寫
出來的。在日本311之後，台灣的反核運動有受到鼓
舞，但當時的行政院長江宜樺威脅我們核四要進行公
投，讓我非常怒，我就開始考慮要不要寫這本書。但
後來核四沒有進行公投，不過沒有關係，還是能替反
核盡一份心力。因這個因素，它各有優缺點。優點就
是在台灣的中文版這是一部試圖挑戰現實，跟現實直

接對話，參與現實的一本書，在我的定位中是一個行動藝術。所以它非常貼近現實。它就是在說如果核四運轉發生核災的話，必須遷都到台中或台南，之後會發生什麼事情。我是以台灣的現實發展出來的小說。所以它可以直接跟現實產生對話，跟我之前的設定一樣。但是它的缺點也就是說，我的想像力也受到現實的限制，因為我不想離現實太遠。它是一部立基於現實之上的小說。但小說如果完全只能講到現實的事情，往往藝術價值會比較低。我當然不希望受到這種限制。我就可以從我在網路上看到零地點的負評開始談起。大家可以去搜尋看看。其中有個負評討厭這本書是因為討厭其中一個角色，這個角色就是林方。林方是小說中偏激的角色之一。林方的主張對文明、自然的觀點，從小說開始是溫和到小說最後是棄絕文明，他最後跟朋友跑到山裡躲起來，拒絕對外通訊。這位讀者討厭林方的看法，覺得有必要做到這麼極端嗎？太偏激了。這當然是對於《零地點》的某個看法，我只能說小說這種文類就是有空間呈現不同觀點以及其衝撞。我正是藉此呈現不同的觀點。我們寫生態文學或小說作品跟環保運動有關，是不是百分之百跟環保運動有關？像小說中的角色林方帶給我們的

思索，你可以拒絕文明、拒絕所謂進步、拒絕核電有
危險。若你認為核電有危險，你覺得應該用什麼方式
發電，你應該拒絕核電到什麼地步。這當然是一個光
譜，不是絕對的是與非。而台灣現在的狀態就落在光
譜的其中一個，我們現在核一核二核三還在運作，我
們的政府在理想的狀態下在二○二幾年會進入非核家
園，在這段時間並不是完全廢核，所以光譜的選擇是
有灰色地帶的。我們應該棄絕文明到何種地步？這並
不是非黑即白的答案。希望我們在面對環保運動的時
候，也不是非黑即白，所以我才希望在小說中藉由極
端的人物呈現不同觀點。我希望藉由小說引導人類的
思索到達較高細緻程度，而非非黑即白。這讓我想到
多和田老師最近在台灣出版的《獻燈使》，裡面有幾
篇直接牽涉到311核災，裡面有一些部分非常幽默，
因為這是一部奇想式小說。它跟《零地點》比較起
來，是更自由的。它有提到受到核輻射汙染地區的
年輕孩童有非常高的死亡率，但老年人卻更健康長
壽，因為核輻射影響，而被剝奪死亡的能力。很奇
想，也有點好笑。讓我想到網路文章說的深入車諾比
的鬼鎮，除了會發現畸形動物跟核輻射有關外，會
發現那個地區野生動物欣欣向榮，因為人類都搬走

了，所以人類反而最可怕。它是一個曖昧的東西，這些自然災害我們不喜歡，像我的立場就是反核。但人類目前為止，並沒有明確的公式、證明、結果說明輻射對人類有影響。說不定會像多和田老師的小說中老年人反而活得更長。所以這是一個曖昧的地域。雖然我的小說是立基於現實之上，但我的小說並沒有非黑即白，反而利用小說來往上拉高討論關於人類的生活方式。如果大家有看《零地點》就會知道，除了一開始是核四之外，還有討論到生活方式。人可以怎麼樣活？人跟文明的產品會到什麼地步？我們可不可以丟掉手機？像丟掉手機是一種選擇，我們可不可以用2G手機呢？還是要回去用BB Call？還是連電子郵件都不用。這是一個光譜，人類生活的複雜性。它的議題高度比我們單純面對一個環保運動，還要更高。我希望能到更高的高度討論，這是我對這個主題的想法。

范銘如： 接下來請讓我們師生都非常心虛的吳明益（發表）。

吳明益： 先講一下我對這個議題的看法。我有一段時間沒有寫這個議題的學術論文，自從我升等之後，我就都沒有寫。我自己也有點心虛。Nature writing這個詞從美

國引進，約九〇年代之後，美國的研究者漸漸認為應該把虛構小說拉進來談。在之前，美國研究者認為Nature writing應該定義在non-fiction這個文類上面。把虛構拉進來談之後就有兩個大系統，一個就是生態失衡，一個就是小說。小說的部分一開始是ecology fiction生態小說來稱呼這系列作品。這系列作品是比較有目的性的，也就是范老師文章所寫的《廢墟台灣》，美國也有像這樣的生態小說。這幾年我看到國外的討論有多了一個這樣的詞climate fiction氣候小說，也就是在生態小說裡有兩個系統，一個是人為災變，像是核災這種人為災變，他們定為災難小說。另外一個系統是人類影響生態環境以後產生的一些劇變和應對方式。《零地點》和多和田老師的作品會歸類在生態災難這個類型上面。可是我自己寫的《複眼人》，就是國外有人談到是屬於氣候變遷的小說。因為他裡面談到人為廢棄垃圾、海嘯和不斷下雨的天氣，這都跟人類大環境變遷的氣候是有關係。第一點就是我自己的認識。在台灣寫人為環境災害的作品並不多，我也認為這是未來台灣作家可以嘗試的。寫這兩類小說有差別就是，像災難小說的作家有道德立場，就像伊格言小說人物的道德立場跟讀者不符，但

小說人物本來就不需要跟作者或讀者符合。氣候變遷的小說人物，更沒有善惡之分。因為在小說裡面，人物是無力的，無法改變這件事情。第二個就是我想要嘗試未來人類跟自然之間的關係。這又分成兩個體系，一個是民眾，他們的敵人通常是政客、資本家；另一個部分是察覺人類與自然關係轉變的科學家，他們發覺人類與自然關係轉變會跟一般民眾有很大的差異。所以我現在寫下一本短篇小說集，是以科學家為主角的短篇小說集。這些小說主角科學家應對自然的方式跟一般民眾截然不同。比如說其中有一篇，我寫到研究樹冠的科學家，一般讀者或聽眾不知道世上有許多生物生活在樹冠層高度裡面。所以樹冠層科學家在1970年代以後發現那是一個巨大的世界，他們好像登入外星一樣，會看到前所未見的生物、植物、真菌、蕨類。而台灣具有從熱帶林地到寒帶林地的特殊景象，因為垂直高度夠高，所以我打算安排台灣的樹冠學家登場。但這篇小說是一篇愛情小說，最後這兩個生態學家是戀人也是研究者，所以樹冠生態學家需要經過很漫長的觀察，很像人的感情。像曾經有一本書《爬樹的女人》是一個澳洲的生態學家，她研究澳洲的熱帶雨林，研究了十八年，她發現熱帶

雨林有些品種的葉子十八年都沒有掉落過，十八年的記號都還在上面。所以這其中會有些部分很像女人的愛情或女人的身體，而這小說的終點是他們兩個在遙遠的兩棵樹幹上，使用最早期的無線電，搖動繩索傳遞彼此心意，再從A樹爬到B樹，像我們的祖先黑猩猩一樣做愛，汗從幾公尺高的樹上流淌到土地上。比如說我剛寫完的小說是我在課堂上跟同學一起寫作業寫出來的，因為同學要交作業，所以我也要交作業，所以前一陣子我演講的時候，有把一些片段給聽眾看。這故事是在寫一個自閉症孩子具有一個本能，就是變成鳥聲。各位可能不知道早期的科學家都必須懂音樂，因為紀錄鳥的叫聲要用五線譜把鳥的聲音紀錄下來，再加上一些其他特殊符號。孩子的母親是一個鳥類的畫家。這個故事有個轉折，就是父親背叛母親離開，而母親強忍悲痛帶大孩子。這個孩子是活在自己星球的人，他成為鳥聲的研究專家。在台灣地區，有同種的鳥在不同地區叫聲是不一樣的，鳥也有方言。有科學家就在研究為什麼過了宜蘭以後，這些鳥的叫法會有不同變化。我就安排這個角色研究這個議題。後來這個母親養大孩子放鬆就生病，死了。死了之後，這孩子就有心因性耳聾，他打擊更大。之前還

可以聽鳥聲拯救他情緒的低谷，但此刻這個線索消失了，他沮喪了很久，才發現可以學手語。各位如果有看到一則新聞，台灣的聾人協會正試圖爭取把手語變成官方語言，在先進國家裡面手語都是官方語言。簡單來說就是我們講不通，但比手語可以通，因為手語是比口語滲透力更強的一種語言。台灣的手語有三個體系：東京、大阪、中國，經過漫長演化後演化出台灣的體系。各位想想吳明益這三個字是無法用手語表達出來，但是可以利用臉上的特徵，像是眼睛大就比大眼睛，你是男生就比拇指。例如林旭，就比女人早晨的陽光，非常詩意。而台灣鳥名很難用手語稱呼，他就想應該為台灣的六百多種鳥創造一套手語，這樣子就能帶台灣聾人到山上賞鳥，這個故事就從這個點開始。這個小說的難度就是我必須認識手語，另一個就是手語如何稱呼這些鳥的叫聲。再講一個故事當作結束好了。另外各位可能不曉得台灣的蚯蚓也是非常多樣，也有海外來的。最近有個研究計劃令我非常著迷：這個計畫是在講台灣東部的蚯蚓跟台灣北部的蚯蚓的差異。因為中央山脈和海岸山脈是最後才跟台灣結合的，但這些蚯蚓是沒辦法穿過這些變質岩，因為像花東的山脈不是有很多大理岩嗎，這些

蚯蚓是無法穿透的。因此演化出這些獨特的生物體系，也就是人類也有這些情形。我們人類無法了解聾人和同性戀者的文化，其實這是人類生命的多樣表現。這篇小說的主角是個侏儒，各位要知道沒有環境是為侏儒設計的，比如說電燈的開關、流理臺高度，都忽略侏儒的世界。所以這個主角從小就非常痛苦，他離地面比較近，他就觀察蚯蚓，變成他人生中很大的樂趣。後來他變成蚯蚓專家。因為他從小就被父母遺棄，他就遷移到德國，因為他被父母遺棄，所以他不願意回來。但研究到最後有人告訴他說台灣的蚯蚓有這樣的狀況，值得研究，於是他下定決心回到台灣研究。比如這樣一個故事跟災難小說、生態小說非常不一樣，我很希望自己能夠呈現一種新的關係，就是人類跟自然關係中多一重，也就是對自然生物有深刻了解的這群人如何看待自然及如何改變他們的一生。

范銘如：我們剛剛聽吳明益講他對生態文學的了解和小說構想，就可以知道為什麼我們非常心虛，也能了解為什麼吳明益的小說大概是台灣五年級及六年級這輩目前擁有最多翻譯版本的。剛才吳明益跟伊格言都有提

到多和田老師的《獻燈使》，之前兩位都有一個小時，接下的十五分鐘包含翻譯。

多和田葉子： 由於剛剛兩位老師講的東西都太有趣了，有點忘記之前想說什麼。剛剛老師有提到車諾比反而出現更多生物，這個我們可以把它稱做一個現代的神話。實際上我們在福島也發現以往沒有的生物，結合山豬跟豬的新種豬，日本餐廳也有提供。而櫻花也有這樣的現象，附近沒有人住，就開得非常多非常漂亮。所以放射線對植物的危害不大，人類反而比較大。在我自己的小說中，也是本於現實來書寫，至於這些線索對於現實到底真實性有多強。比方說剛剛說的老人受輻射線照射後反而不老，其實德國科學家也有主張有讓人延長壽命的效果。當然不知道這研究的可信度有多高，但是身為一位文學家，我們去判別這些研究的真偽，並羅列這些資料，羅列呈現在我們的作品中。在《零地點》中有個跟生態較無關係的部分，我待會有機會再講。吳明益老師剛剛有講到研究樹冠的兩位生態學家，在樹跟樹之間有些聯絡，讓我想到德國有一位小提琴家，他跑到樹上拉小提琴，就發現有一些旋律是毛毛蟲會跑出來，他就想是哪些旋律讓毛蟲跑出

來。也就是作家的工具是語言，但我們有些慾望是跟不使用語言的東西溝通，比方說樹、動物。另一位澳洲作曲家，種樹想像這些樹一百年之後，風吹過來，樹葉會發出什麼聲音。雖然是作曲家，卻去挑選這些樹的不同種類，測量要怎麼樣的距離種下這些樹。另外對於鳥類的語言也非常感興趣，之前華格納的歌曲中就有提到他聽得懂鳥的語言，因此而救了自己一命，呈現人對語言的好奇心。在《論語》中，孔子也有提到聽得懂鳥在說什麼。所以身為一位作家，我們要求極致一點，除了人類的語言之外，我們應該懂得鳥在說什麼。在《獻燈使》中有一點江戶風情。日本最近對於自己是工業新興國家的角色感到有點疲累，所以思古幽情懷念江戶時代的事情，叫做江戶主義。對日本來講江戶時代是西元1600到1800間鎖國的時代，當然跟歐洲荷蘭和中國有交流。而這個鎖國的意義，我覺得在於當時的日本不跟國際競爭，悠哉過自己的生活。當然江戶時代除了是鎖國的時代，也可以是生態的時代。對比於現在大量生產消費的時代，江戶時代非常愛惜物品，外出服穿到破舊回家當睡衣，連睡衣都不能用就拿來當抹布用。當然是因為物資不豐富不得已，可是這種覺得愛物惜物也是

文明，不只現在這種才叫文明。相對於日本其他時期，這是一個比較和平的時代，當然也有攻打其他不屬於日本的地方像是北海道或者沖繩，並沒有大規模與其他國家的戰爭。可是江戶時代畢竟已經過去，有人說走回頭路的懷舊主義是不好的。江戶時代的祖國讓我想到伊格言老師剛剛講到的林方這個角色，因為他最後想建立與其他人隔離的世界，這跟鎖國時代有點像。我們不認為鎖國是好事。我想在作品中強調的是現代人追求的是什麼呢？我們追求的是我們住在一個環境裡面，我們可以放心地打開窗和門。

范銘如：我們剛剛忘記介紹片惠英教授除了是一位作家外，也是韓國大學文藝創作系的教授。也就是背景跟吳明益教授比較類似。事實上片惠英、伊格言、吳明益是同樣都在1970年代，是同樣的世代。只剩我跟多和田老師是同個世代。

片惠英：前面三位都講得太有趣，我都忘記我之前要說什麼。我應該可以很快結束。尤其吳明益老師講到的蚯蚓、鳥，光想到這些元素在小說裡就令人覺得有趣。因為在我的小說裡都是一些老鼠、狗、貓，然後

我主要是在很努力地把他們殺掉，所以我在想我的小說是不是不是生態小說。因為我從來不覺得自己是生態小說家，所以邀請生態研討會時，我問崔教授為何要邀請我。可是因為崔教授把我說得很好，我就決定要來看看。聽過剛剛三位的介紹後，我覺得我果然是來對了。作為一個作家在當代屬於哪一範疇，被歸類並不是那麼愉快。因為被歸類為哪個範疇是不是代表不夠多樣性，小說比較狹窄。所以我對分哪個範疇要細分是很反感，但參加研討會，我慢慢整理自己的想法，我發現原來生態這個範疇其實是非常廣泛的。其他範疇可能會細分掉，但生態文學的範疇是很文學的。其實文學關心的就是人跟其他物種及理解其他生態的過程，生態文學也就是一種理解的文學。我剛才談到公寓的意念的時候有說過，現代人反而比較熟悉加工過的，反而對完全自然的，像是很深的森林或高山會存在恐懼。所以生態小說不是狹窄的保護環境而已，而是與環境共存。我覺得生態文學有寬廣的意涵可以討論。

范銘如：好，我們謝謝四位作家第一輪的發言。接下進行第二輪的討論幾位作家之前的作品，不需要這麼聚焦於生

態，因為四位作家的作品非常豐富。由於我們提供給幾位他們互相的範例有被翻譯的作品也不完全都有生態主題，若幾位對於剛才的發言或者其他作家的文學有想要提問，或者補充剛才的發言。我想我們就可以一一來（發言）。

吳明益：我早上小說創作課，談了多和田女士的作品。原因是我在接受范老師的邀約之後，讀了《獻燈使》很是刺激。這個刺激包括他不是個領會的地方，它完全赤裸裸寫了311地震、核災變。這個通常我們台灣作者在寫這樣的題材的時候，會刻意把它虛構化。其次就是我對這部小說的想像力、細節的描寫能力。多和田老師這個作品沒有特別用科學解釋，因為裡面有很多構想只要用科學解釋會行不通，但她很自然的讓它在小說裡面成立，我也接受。雖然它一方面是現實的世界，另一方面是這麼一個不合理的演變，可是我卻在這個小說感受到裡面人物的焦慮、悲傷，還有鎖國之後日本的異域性，很喜歡。另外就是我認為多和田老師《獻燈使》應該不是只有一篇而已，我看到還有很多中篇小說都在呼應《獻燈使》，可能多和田老師未來（會動筆），或還沒翻譯，所以我沒看到。比較大

的計畫就是，用很多小型小說建構一個核災變的世界，這個寫法很值得討論和欣賞。另外片惠英老師的作品，跟一些台灣女作家很像。很像的部分是都市抑鬱、空間造成的人的情緒，人生的選擇和變化，文字非常細膩。因為在翻譯的過程中我們會損失一些東西，但是我覺得片惠英老師的小說是帶有很高衝擊性的小說類型，然後這就是我個人覺得比較特別的地方，因為我看過的韓國小說並不多，台灣大概只有麥田出版社引進一系列韓國小說，通常來台灣的小說都會是偵探類型的，或者跟電影有關，這都是比較情節刺激式的小說，但片惠英老師的作品不是，這是我作為讀者的一點簡短心得。

范銘如：我想翻譯需要時間，作家也需要時間，我想是不是先問完然後討論完再回應。那伊格言要發言嗎？

伊格言：我想先談一下片惠英老師的小說，我覺得我的看法跟吳明益老師非常接近，因為的確（韓國）小說看得非常不多，其實我們在台灣最早看到的是黃皙暎的《悠悠家園》，是因為它當時有相當程度的諾貝爾獎的聲望，可能是印刻的總編有韓國的淵源所以引

薦過來的，那是最早。從《悠悠家園》之後過來的
韓國小說很少，但就像吳明益老師說的麥田出版社
有出幾本，它基本上以曲折的情節取勝，以懸疑取勝
的小說，那我可以理解，因為這種小說的銷量比較容
易放大，從最暢銷的先引進蠻合理的，是出版界的常
態。所以這次可以看到片惠英老師的小說我覺得非常
開心。我比較可以理解，像其他亞洲國家，在這個西
方主導的世界，我們總是被西方牽著走。但其實在鄰
近的這種國家，你不曉得他們的純文學作家寫的東西
是怎麼樣，所以我覺得看到片惠英老師心靈描寫非常
細膩的作品，另外就是我跟我的老師一樣喜歡變態的
作品，所以我看到覺得非常開心。接下來談多和田葉
子老師的小說。我覺得《獻燈使》也可以把它歸類為
一個架空世界。我覺得它裡面的確是用一種報導式的
簡潔語言，它用非常簡潔的腔調。所以我覺得可以回
應吳明益老師，就是多和田老師如何用自然的方式帶
出非常奇想式的情節，我覺得我學到一點，用報導式
的腔調或許可以做到這點。在日常生活中，我們已經
非常習慣用這樣的腔調。我們在看雜誌、八卦周刊的
時候，基本上都是用這種腔調。所以當你用這種腔調
來呈現奇想式的情節時，反而可以成功拉高這些細節

給你的現實感，這是一點值得我們借鏡的地方。另外一點是說它也是一個架空世界，關於這個架空世界，科幻小說裡面非常多，像《一九八四》、范老師論文提到的《廢墟台灣》、我自己的小說《零地點》。這一類的小說我認為最有趣的地方在於說，像我之前寫《零地點》，是被現實催逼出來的。它最有趣的地方可能在於跟現實的互動，我可以用一個支點，這個支點就是站在巨人的肩膀上，因為現實以警堆疊了那麼多，那我在這個現實上面繼續往上發展，可以從這個角度來進行跟現實的對話。那我自己對這種架空世界小說的看法是這樣，謝謝大家。

范銘如：接下來我們請多和田老師和片惠英老師來回應我們兩位台文作家提問，問完再對其他作家發問。比較能精簡時間，有效率。補充一下，多和田老師妳的文學作品也是很變態的呦。

多和田葉子：可是我的作品裡面沒有人死啊。連一隻老鼠都不會死掉。不曉得片老師的作品有沒有日文的譯本。片老師她的作品裡面談到公寓大廈的生活，那現在回到東京生活，講談社的人，就是回到家裡或搭地下鐵，

完全不會離開建築物，你唯一暴露在外面空氣的時候大概是出去買三明治的幾分鐘而已。德國的朋友看到日本人這樣的生活，覺得日本人這樣容易生病啊，因為在人際關係這樣就糾結，可能心裡會有一些過不去的地方。若你在這個時候可以出去外面看看樹或站在樹的旁邊，這樣你的心情就能獲得舒緩，要不然日本人生活在這樣的生活環境裡面，每個人可能都要跑去自殺吧。日本人的自殺率真的很高，有時候也會想跟日本人躲在房子裡面不出去是不是真的有關係。可是同時我們又聽到一位德國心理學家在雜誌上發表的說法不一樣，這個說法是說不會呀日本人很厲害，可以在這小小的盆栽看世界。他看到這個盆栽的療癒效果跟我們德國人在做森林浴的效果是一樣的，他們看了盆栽還可以降血壓，我們根本不需要擔心這些事情。你可以看到科學家就可以看到有兩派不同的說法，所以我一向不相信科學家所說的。那在看了伊格言老師的作品，覺得對連續殺人犯的描寫非常感興趣，雖然本身並不會描寫這樣的東西，但是覺得這樣的東西非常有意思。有人會說這樣的人是有點心理變態的，有人說這樣的人是因為小時候他還是一個嬰兒在襁褓中跟父母比較疏離，一哭爸媽沒有來安撫，會跟一哭就

有爸媽安撫的人格非常不一樣。像這種小時候沒受到父母關懷的人，會覺得一切都是出於偶然和巧合的。這種人不太容易了解別人的付出，所以做起事情非常任意妄我，但是這種人非常容易把人踩在腳底、出人頭地、賺大錢。有人就說這種心理變態性格，以前不多，但歐美這種比率的人愈來愈多，有人就說這是歐美主導世界的最大理由。我覺得世界上有核電的國家，多多少少都有這樣的心理狀態。原因一個是蓋核電廠可以賺錢，可能每一度電就有成千上億的錢可以賺到自己手中。再過來以國家來說，發展核武就會非常容易，這樣就能以我擁有核電可能擁有核武來威脅周邊國家。日本在核災發生之前有五十多座機組，但核災發生之後有一陣子全都停機，在停機的狀況下日本還是有電可以用，並沒有政府所宣稱的那樣，我們的文明還是能存活下來，你家還是有洗衣機可以用，但是好像卻沒有人去提起這件事。然後非常喜歡吳明益老師《天橋上的魔術師》這個作品，但是這個作品跟生態沒有關係，我在這邊就忍住不講了。

范銘如：我們這一輪的討論其實沒有那麼限制在生態，所以還是可以講《天橋上的魔術師》。現在請片惠英老師發言。

片惠英：並不是我的小說都會有人死掉，別的小說也有啦。如果後來有翻譯呢，請大家去讀一下。韓國的出版界跟台灣的出版界一樣，會偏重某個類型的作品，那歐美跟日本的翻譯作品，都會即時翻譯。但台灣作家的作品在韓國翻譯的很少，沒辦法及時去讀。可是我相信台灣和韓國的交流會愈來愈發達，像kpop進到台灣，是個開始，或台灣小吃進到韓國很受歡迎，相信之後也會過繼到藝術或文學的項目。我希望台灣的老師可以多多翻譯韓國的文學，增進兩國文化，成為兩國交流的橋樑。剛剛有說到關於台灣災難小說、連續殺人犯，這是我一直以來一直關心的題材，所以我希望可以被翻譯，我一定會看的。去年我在歐洲旅行時有帶多和田老師的作品去看，是在國家與國家之間的移動時看的一本書。雖然是在夜間的火車上看這本書，但在車廂這樣密閉的空間裡，能感受到其中異質、陌生感非常生動，非常深刻。有別於作品中的人物，我很安全結束的旅程，我感到非常幸運。

范銘如：接下來的時間給現場的觀眾，大約還有25分的時間，可以跟現場作家作討論，內容不限於生態，我想因為機會難得，就不限制這麼多。

現場參與者A提問：我是中興台文所的學生。以我接觸的自然導向這樣的文學類型來看，一個比較科學性生態性的知識和文字進入小說裡面，他可能破壞我們某種期待文學性的領略度，可能有人覺得這樣是不好的。但我的看法比較不一樣。我很好奇四位作家如何看待科學性和自然知識介入文學，對文學性的影響。像伊格言老師《零地點》中有大量的偽知識也就是為自然知識所寫的備註，去描寫完整世界觀，或者是吳明益老師在《複眼人》或《單車失竊記》對於歷史這樣的書寫，這是對於台文兩位老師的問題。想問另外兩位老師的問題是貴國在自然生態導向的小說是不是有面臨到同樣的問題，就是知識量過高，高於文學性，或者是說自己在寫的時候有沒有面臨到這樣的問題。

范銘如：先蒐集問題，讓老師們進行翻譯和思考。（請下一位觀眾發表）

現場參與者B提問：我是清華大學台文所的交換生，想請問吳明益老師剛剛提到的生態災難小說、氣候變遷小說有沒有具體的區分標準。以《複眼人》為例，有外國人將它評論為氣候變遷小說，但在小說裡面，有很多生

態災難的場景，例如在大漩渦中覆滅，其實想請問生態災難小說和氣候變遷小說是不是辯證和統一的，能否請老師針對這些文類多補充和說明。

現場參與者C提問：我是政大台文所的學生。我想請問多和田老師問題。老師的《獻燈使》被認為是描寫近未來的小說，還是認為是用來描寫日本近代狀況的小說。我在想裡面有一段情節提到很多次：小孩受到輻射早死，老人受到輻射卻延年益壽，想請問老師是不是有意要側寫日本正面臨高齡化和少子化的問題。也就是老師是不是想寫人類秩序受到生態影響所呈現出來的狀況。

現場參與者D提問：我是政大台文所的研究生。我發現一個特別的現象，就是在台灣寫生態方面的小說男作家比較多，在日本是女作家，韓國在經過崔老師早上有歷史回顧男女分布平均。想請問老師，你的性別位置對於這樣的小說是不是有什麼幫助或有特別的切入點，也就是說在自己的國家或所屬文壇，有沒有跟自己做類似寫作耕耘的作家，跟你用的是不是不同的寫作策略，還是各位老師對這方面的觀察有特別感

到好奇。

范銘如：由於翻譯還在進行，現在請吳明益老師先回應，再等
下一波的提問。

吳明益：第一位同學的提問是科學性的介入會不會影響文學性
的質變。這回到更早的作品來看，如果文學不過只是
文字表述精緻化的產品的話，我常在談中學語文學教
育，應該上科學論文啊。他以後有可能是科學家或律
師，他以後可能要寫科學的文章或法律的文章，合理
來說是這樣，但是偏偏只教抒情散文怎麼寫，是有點
問題的。第二個是說如果說文學是文字的精緻化表現
的話，就會發現很多科學家寫的，可能連通俗讀物都
不算，他寫的DNA發展的過程，就能看到大量的文
學性，從視覺、美學上面，都可以發現，像雙螺旋的
結構在美學部分，可以看到台灣在中學教育教材的選
擇口味上有偏狹。第二位同學是問到對於次文類區分
的標準。要在分類時有非常嚴格的排他性，這是非
常難做到的。我們看到這些作家刻意跨越這些排他
性。像詩的作家，有圖形詩、散文詩、甚至有小說結
構的詩。接下來就是我剛剛的發言可能不夠準確。在

災難小說的系統下，分成天然跟人為災難。像《零地
點》跟《獻燈使》非常著重在人為災難核電；《複
眼人》的災難就是垃圾渦流天然災難。為什麼《複
眼人》是天然災難下面的一個類型就是氣候變遷小
說。推動氣候變遷小說這類型的學者，他會把它提到
很大，他認為這些結果是氣候變遷像暖化這樣的結
果。前陣子有電影提到為什麼人類拋棄地球，是因為
氣球的生態惡劣到無法住人，他裡面有很核心的議題
是氣候變遷。這類學者很喜歡把氣候變遷看成是生態
最核心的問題。我自己研究的時候當然要假裝被這樣
分。我在寫作的時候心理的圖譜是另一個，我沒有先
考慮我是寫一個災難小說，可是這些故事結構會導引
這些人做什麼選擇，這世界可能會怎麼運作。如果你
是研究詩的話，可以把這些用你的語言分清楚，這是
你的責任。而不是說這世界上有個真理，你能這樣
寫。第三個問題是性別位置。在生態論述裡面就有一
支是生態女性主義，他們的論述提到生態演化的動能
來自生育，包括土地、河流都是為女性意象。因為生
育是女性意象，在自然生態裡都會認為雌性優先，
事實也是如此。有一個男的，一百個女人，就可以
了，男生不用留這麼多。所以自然生態有很多雄性很

華麗容易被獵捕，因為雄性根本不珍貴，雌性是重要的。也許台灣有三位寫生態，剛好都是男性，你的採樣只有三個。各位理解我講的意思嗎？像三成打擊率，可能他連續打三十支安打，可能他三十支裡面沒有安打，如此而已，這麼少的採樣完全無法看出什麼。但這提醒一些事情，女性在一些行業裏面的貢獻特別容易被忽略，台下如果可以當場想出五位女科學家我就當場給你拍拍手。但是事實上女性在科學研究是有很多貢獻的，但某種程度會被貶低、忽視、沒有被看見。我剛剛提到的爬樹的女人是世界上少數幾位樹灌群的研究者，就是女性，要爬上一百多公尺高的樹。

范銘如：謝謝，現在請伊格言發表。

伊格言：先討論知識在生態文學或文學上的使用法，我個人比較傾向分為虛構和非虛構，跟這兩個來看，我們在非虛構上面把它分成是散文好了。裡面運用大量的知識，我完全贊成吳明益老師的看法。甚至更直接尖銳的，台灣對散文的想像是偏向抒情的。我自己也喜歡，像吳明益老師就是其中一位，寫議論性的

散文，台灣在這部分比較保守易被忽略，但已經慢慢改善。以上是非虛構方面。虛構方面的話，那花招就多了，這花樣不是我講得完的。《噬夢人》用了大量的知識，擺明了是偽知識，是我個人為了避免寫作上的倫理，我直接給出一個年代，這個年代是未來的，就能知道這些知識是假的。這是基於想像力，或基於小說是可以這樣寫的，用我自己的話講是萬花筒理論。我告訴你一個假的理論，我告訴你一個未來的謀殺事件。另一方面，《零地點》用了大量的核能知識，雖然我不是核能專家，但是我盡力做了非常多的研究，它就是一部直逼現實的小說，原則上都是真的，至少以我個人立場，我相信他為真。《零地點》是基於高度的現實，所以一樣是為了符合寫作的倫理規範，所以我這麼做。光是我個人就有這兩招可以做，那我覺得加進虛構裡面的知識，這個主題絕對有更多的可能性。下一個問題是生態跟性別間的關係，我第一個直覺就是，跟吳明益老師一樣，取樣太少，可能生態作家不夠多。但我們也有漏掉一些寫了蠻多生態的散文家，但是最近可能看到的生態作家比較少女性，我自己是想不出來這跟性別有什麼特別的關係，有可能是我才疏學淺，也有可能是真的沒什麼

直接的關係。這方面大家做研究再跟我說可能的脈
絡，這蠻值得作挑戰。

多和田葉子：《獻燈使》是嘗試對現代做最極致的寫實然後呈
現出來。書中講到的老人延年益壽和年輕人身體變差
的這個現象，都是現在日本中確實存在的。如果繼續
這樣下去，這樣三百年後就沒有日本人，無法流傳下
去，所以很慶幸能在這之前，作品就能被翻譯。接下
來回應第一位同學問到的問題。幫愛因斯坦做翻譯的
是一位石原純的日本詩人，這位詩人寫到跟光（物理
學）有關的知識，但即使很多這方面的知識，這仍然
是一篇非常美的詩。可是如果說現在來寫核災的小
說，然後我在這小說裡面放了跟核能相關的字，像是
鉌、鉬、鉬克、微鉬克，我一點也不覺得這樣小說寫
出來是美的。我覺得實際上土地被汙染的狀況不是這
些數據可以描寫出來的，這就是文學家需要去思考如
何描寫。根源在於文學家是否有用心挑選字句。關於
最後一個問題，生態作家的類別，我在有意識以來第
一次意識到有所謂的生態暢銷書，第一本生態暢銷書
是1970年代的是叫有間左樂子，大家就理所當然認為
這是女性寫的書。因為在當時男性因為日本經濟成長

而開心，女性才會擔心這是否對下一代有影響。我住的地方有類似霧霾這樣的狀況，大家就會擔心這樣是不是對身體會有問題。但是到了現在會發現會願意寫生態的作家，其實沒有明顯的區分，我看不出其中的關係。講到生態會有環境賀爾蒙這樣的詞，不知道是因為環境受到汙染還是什麼，有人說男性賀爾蒙降低，女性荷爾蒙增加，可能會朝這個方向邁進。但在福島事件核災，可以看見差異：太太覺得要逃離危險環境，但先生會因為要工作留下來。但其中因此衍生性別的關係，可能是社會性性別（gender）所造成的差異。

片惠英：前三位老師已經做很好的回覆，我想我只做一些補充。我覺得知識量的多對小說是好是壞，並沒有辦法這樣一概而論。由於小說的不同會有不同表現，有些作者會讓讀者相信自己的謊言，會動用所有自己知道的知識，只要不是對敘事有妨礙。假若這些主角是專家的話，就有必要寫一些知識性敘述，但小說不是說明文，不需要教育讀者，不需要的知識就不需要敘述。比方作家很聰明，但不需要小說中的角色都很聰明。有關生態小說男女生的比例，我沒想過，其實蠻

有趣。可是在韓國新進作家寫生態的女性的確比較多一點，這是韓國對於進入社會的男性要求比較多，使寫小說的女性比較容易被看見。因為生態小說對於弱者或少數者比較多體諒，所以女性比較多寫作生態小說。我認為寫小說是想像力的問題，不能對性別一概而論。

范銘如：我們今天座談討論非常熱烈，原本以為還會有提問時間，但已經沒有。對於無法發問的朋友非常抱歉。謝謝大家、在場作家和兩位辛苦的口譯。

台日韓當代作家座談會（照片左至右：中川成美、茅野裕城子、吳明益、伊格言、多和田葉子、片惠英）

台日韓當代作家座談會：
旅行・空間・越界

主持人：黃宗儀（國立台灣大學地理環境與資源學系教授）
與談人：鍾文音（知名作家）

　　　　黃麗群（知名作家）

　　　　朴馨瑞（知名作家）

　　　　茅野裕城子（知名作家）
口　　譯：詹慕如（資深口譯員）

　　　　林文玉（輔仁大學跨文化研究所比較文學博士）
逐字稿：張韡忻（國立政治大學台灣文學研究所博士生）

黃宗儀：大家好我是台大地理系黃宗儀，非常高興今天有機會
　　　　來參加這個台日韓的作家研討會。我可能先花一點時
　　　　間介紹現場與談的四位作家，那我們進行的形式大
　　　　概是我介紹完之後四位作家分別就今天研討的主題
　　　　「旅行・空間・越界」發表一個小小的主題演講。在
　　　　第二部分我們會請四位作家進行交流，就是針對彼此
　　　　的作品或是議題進行一個交叉的溝通，最後一個部

分如果現場的觀眾有任何問題我們再一起提出來討
論。首先我先來介紹今天來參加座談的台灣代表，首
先是坐在我右手邊的鍾文音老師。其實鍾文音老師不
太需要我多做介紹，如果我們講台灣的旅行文學的
話，鍾老師一定是其中的代表作家之一。鍾老師這些
年著作非常的豐富，除了她的長篇小說《艷歌行》系
列，她還有很多短篇以及散文的書寫。在不管是長篇
小說、短篇小說和散文的創作，我想熟悉鍾老師作品
的讀者都了解，旅行是她作品中的靈魂。所以我們在
她的作品中可以看到不管是從上海到巴黎，從墨西哥
到挪威，這種很冷到很熱的地方。還有這幾年她也寫
了關於宜蘭以及嘉義，她是嘉義市的駐市作家。所以
這些年一再看到鍾老師以她非常溫柔多情而且細膩敏
銳的筆觸，不但是再現了異國的奇花異草，而且也帶
給我們更多的本土的風情、人文景觀。鍾老師也很擅
長攝影，所以她的旅行書寫其實畫面感都很強。今天
很高興有機會可以請鍾老師來演講，她其實也常常在
演講中分享她的旅行書寫，那等一下會有時間聽到她
更多的經驗跟看法。另外一位也是得獎很多，我自
己非常喜歡的作家黃麗群老師，我想大家也應該對
她非常的熟悉。黃麗群老師這幾年的代表作就是剛

出版的2014年的散文《感覺有點奢侈的事》，還有一本是2013年的散文集《背後歌》。她小說的代表作是2012年的《海邊的房間》。一般大家對於黃麗群老師作品的評介都是說：都會感非常強烈，擅長描寫都市的邊緣人物。她雖然不是以小說家作為正職，但每一本作品都受到了很多的好評注目。除了作家的身分，黃麗群老師也是新媒體「Pen Travel旅飯」的總編輯，年輕的讀者應該更常在網路上讀到她的幽默詼諧而且非常犀利的文字，分享她關於旅行的各種經驗跟看法。比如說帶媽媽去旅行可能會吵架這系列。我覺得任何帶過媽媽出去旅行的應該都會心有戚戚焉，這應該不叫旅行這應該叫出任務，抱著一個出任務的心情。我記得好像看過一篇訪談，是黃麗群老師分享關於我們這個大旅行時代，人人都是旅遊者的一個時代，她的一個建議就是要把自己的回憶變成別人的VR，然後把自己的旅行變成一種奇觀，因為我們常常說的是去旅行的時候把別人的日常生活當作是一種奇觀。今天非常期待，我個人也是右邊這兩位作家的fans，很高興今天可以跟她們兩位作家同台，可以聽到更多她們關於旅行的另類看法。左邊這兩位作家是日韓的貴賓，其實剛才前面兩個小時的場次，朴

老師已經針對他的作品還有主題做了一些很哲學而且很優美的詮釋，就是關於文學是旅行的語言這件事。就是這個結論我覺得非常的powerful。我想剛才還有早上提到的朴老師作品，除了《清晨的娜娜》還有《喀比島》之外，我大概做了一點功課，想要再另外提到，朴教授在2014年，有一本作品翻譯到西方，在Amazon可以買得到，推薦大家。是一個短篇。這個故事在西方的反應非常好，大家覺得朴教授是當代韓國作家中，非常有創造力的story teller。早上還有剛剛也有提過，從《清晨的娜娜》的這些故事大致了解他如何寫東南亞中的旅行經驗，變成寫作的靈魂。那這個短篇故事也是如此，他是講一個韓國作家，在跟一位泰緬邊界一位想像的少數族裔的口傳歷史的作家，這邊的互動，如何邀請他去首爾參加國際書展，然後中間發生了一連串各種異文化碰撞的有趣故事。所以我在這邊想特別提出來這個作品。然後最左邊這位茅野老師，我想其實是文壇的前輩，我在剛剛聽她的演講，以及東京大學的藤井省三老師所寫的評論當中，我想茅野老師非常難能可貴，雖然她好像是走岔路才走入了小說創作，但是她的創作經歷非常有趣。她是從西方從一個法文的這樣的語境，紐約、巴

黎這樣的大都會，一個浸淫在西方大都會的時尚女
性，怎樣在一九九〇年代的時候到了社會主義的中國
到了北京，然後受到了震撼，從而發展出她後來的跨
境書寫，就是《韓素音的月亮》，這樣非常複雜而且
深刻的作品。在讀到茅野老師的經驗的時候，我其實
非常心有所感，因為在去年我第一次去了莫斯科這個
城市。我想台灣大眾，我們對莫斯科這個城市的印象
來自於前前第一夫人，就是非常低調的蔣方良。然後
我對莫斯科的震撼面，大概跟茅野老師在中國北京的
經驗差不多，就是我第一次發現所謂的國際化，所
以講英文多重要。但我發現到莫斯科根本不用講英
文，英文是沒有用的。如果去莫斯科地鐵，看英文是
下不了車，因為你不知道那是哪一站。然後我們在莫
斯科路上跟俄國人的溝通很有趣。他們都不會笑，因
為他們認為沒事對人笑的人是非常可疑的，所以在路
上沒有人會對你笑。我剛去的時候非常挫折，覺得這
是什麼地方，這麼沒有待客之道。後來了解，這是他
們的習慣。其實莫斯科人他們很nice。後來我跟莫斯
科人的溝通就是我講中文，他講俄文，再加上比手畫
腳，可是所有的事情都能夠迎刃而解。所以第一次了
解英文無用論，以及我們對於全球化、國際化跟英文

的這種某些迷思。那我在香港遇到了一個俄國來的學生，他對我說，他是從俄國到美國去留學，再到香港來。他說對於一個俄國人來說，離開家鄉就永遠不回去。也許不用蔣方良的故事，他也是一位沒有辦法再回家的人。我想這樣的一個分享，茅野老師的作品很重要，因為這樣的跨境書寫，其實在日本來說也是少數。如果旅行是認識世界的方式，可是目的地的選擇是我們的價值觀。那為什麼寫泰國東南亞以及為什麼寫中國，我想對於這兩位日韓作家來講，都有特別的意義，而且其實都是可以衝擊主流的書寫，也會面對不同的挑戰。所以我想這是非常難得的作品。今天我也非常高興在這個場合認識這兩位。那我簡單的引言就講到這裡，接下來的時間就留給作家們以及在座的各位。我們是不是先請鍾文音老師跟我們分享，我們大概第一個階段每位老師15分鐘。

鍾文音： 談旅行其實是我年輕時候的戀人，因為我從現在非常流行的旅行裡面，我大概是台灣裡面早年比較早上路的女子，所以那時候大家都很喜歡把我跟小時候讀的作家三毛列在一起，但其實我們兩個是完全不同的個性。我出門是為了逃避，所以我的旅行是一種逃逸他

方。因為我有一個非常嚴厲的母親，我18歲就把她一個人留在原地，所以我的人生第一次放逐就是讀大學，第二次放逐就是大學畢業，第三次就是大學畢業工作了一兩年就決定去紐約讀書，在紐約讀書之後晃蕩兩年之後，其實剛才黃老師提到不回來這件事情，對於當時年輕的我確實有不回來。因為我覺得島嶼的價值觀太狹隘，我沒辦法呼吸，所以我一到紐約的時候我就解放。後來回來也是母親的召喚，我被她騙回來，跟我說她生病、她生重病我一定要回來。然後我就說好、我回來，但我沒地方住，她說那妳要住哪裡？我說我要住一個可以看到海的地方，所以我現在就住八里。我人生放逐，後來回歸到八里，我回來的時候我媽媽提供我一個很有趣的概念，她說妳回來要做什麼？很多人恐懼旅行，是因為會害怕失去原有社群的地位。所以當時我離開的時候，我已經短暫做過一個很不錯的工作，但我後來就離開了，我回來的時候一無所有。一無所有的時候，我母親在電話那頭對我說：那妳回來做什麼呢？她說我幫妳租了一個檳榔攤。我心裡想說我去紐約唸fine art，回來竟然要當檳榔西施，非常的詼諧。所以她啟動了我非常大的小說的想像。我其實是徘徊在我要不要當攝影師

呢，其實我攝影還不錯但是我體力很不好，所以非常糾結。Anyway，這就是我人生第一次的旅行跟回歸。那回歸裡頭其實我每次都想要逃走，因為逃走對我而言有一種解放，我剛才說的逃逸。我後來沒當成檳榔西施，我就開始寫作，97年就開始大量地得台灣的文學獎，也是誤打誤撞走入了寫作這個行列。為什麼會留在台灣一個靠河的地方？有一個很大的原因是因為我受到薩伊德的影響。薩伊德有一句話，因為我去過以色列以及耶路撒冷這些國家，你的苦痛跟你的國族，你很多東西跟你的家族會連在一起。薩伊德說整個世界作為一個異地，作為一個異地的時候，你其實也包含你自己，你怎麼陌生化看你自己。因為我覺得在台灣一條路一個地方住久了，你就跟被殺死差不多，因為你已經無感，所以有時候出去是為了讓自己小說的眼界再拉高。事實上對我而言，我其實有一個很虛心的感受，我其實非常期待我能夠在原地旅居寫作，但是作為一個沒有工作、沒有上班的寫作者很困難，所以我有時候會受出版社之託，就是給我一些小小的經費然後我就上路，去做一些研究，比方說巴黎。所以我就陌生化的看待我自己，也變成長久以來去旅行的一種寫作的方法。也因為薩伊德的關

係，因為你旁觀了自我，然後你又引入他人介入你的生命，在心裡跟空間，在故鄉跟故里，他鄉跟他方他者，中間不斷來來回回的擦撞，所以很多真正的故事並沒有打撈上岸，我覺得還沉陷在我的心海裡很多年。因為有些是比較暗色系的，我覺得這些暗色的裡頭，比方說我寫過台灣在河左岸，環河南路那些妓女戶，可是我也去了很多他鄉的妓女戶，所以有一些比較糾結的東西，我覺得像海明威這樣的作者他可能要到五、六十歲才能夠去回憶，當他年輕的時候在巴黎的浪蕩歲月。從小我的母親對我的教育裡頭包括社會的學習，這個社會學習是很有意思，因為我母親是一個做生意的，我發覺做生意很可怕，你知道我的媽媽就是做走私，我們鄉下有很多那種走私才可以帶上岸的異國情調的東西，像洋菸洋酒。所以事實上我的第一次西方異國情調的接觸，是從我母親身上拿來的，也就是我們家充滿了Johnny Walker、Brandy、然後Marlboro這種香菸，所以當時英文對我來說非常邪惡。可是我們母女就是帶著這些包袱，走在沿街沿路沿岸去兜售這些東西時，其實我心裡有一個很大的感受，歐洲的小販也不過是如此。或是說你從一個貧窮戶來到一個大都市，挨家挨戶去兜售，去商場去鐘錶

行兜售的那個旅程，是我從小的第一次的旅程。以至於很多人問我說，妳看起來這麼瘦弱，為什麼妳常常可以一個人上路去走天涯。這跟我小時候的童年經驗有很大的關係，因為母親如此為了生活她可以闖蕩世界，而作為一個寫作者妳的戰場在哪？事實上妳應該更能進入那個冒險之地。所以我從小到大的旅行滋養了我這些寫作，也能夠去關照他人的苦痛。我的母親是一個移動的世代，他們沒有離開過台灣，我媽媽現在中風倒下來，我跟她最後一個未履行的承諾就是，我承諾帶她（旅行）。剛才黃麗群說帶母親上路是一個任務，我現在心裡非常非常的羨慕，因為我最後答應她的旅程就是，她一直抱怨我說妳旅行了世界，可是妳一直沒有帶母親去旅行，後來我們連去琉球就是Okinawa也沒有辦法。對我而言，我最近會去Okinawa也就是我帶著母親的照片去旅行。可是事實上我的母親對我影響很巨大。她們在她那個年代，從十大建設的那種工廠，到最後的移動，我一直在想台灣這樣一個島嶼，為何沒有辦法在文化裡頭。我們也是從異國文化學習回來的一群人，比如說紐約，可是還要回到台灣。你看我到現在還是單身，所以很多價值觀上，每次出門人家就問我說為什麼妳嫁不掉，很

多的觀念裡會被擺設，但是我也在想為什麼我的母親一直沒有辦法融入族群。其實我想過這個問題，因為我去很多國家旅行的時候，其實我也是一種身分上的過渡狀態者，我的identity事實上是沒辦法，我出去常常被認為是一個偷渡者、或是黃金女郎，因為一個女生旅行是非常可疑的。莫斯科人覺得笑是可疑的，我不笑也很可疑。我也去過莫斯科，那是很難自助旅行的城市。其實我出國的經驗多到我想寫一本書，就是黃金女郎的通關困境，我有一次行李帶毛筆，我的毛筆還被打開，我就一直在想為什麼呢？我們的族群、我們的想像、我們背後所代表的世界事實上是一個恥辱嗎？是一個可疑的嗎？因為我的長相比較不是那種白白的，我可能是越南人，我identity是非常可疑的。然後我又一個人上路，那妳的資金是從哪裡來的？我有次帶維他命，從台灣帶正露丸那種中藥藥丸看起來非常可疑，他都會把它解開。所以我一直在思考的是文化觀跟眼界觀，其實從來沒有被打開。即使我們走遍世界，我們的心、我們那邊界從來沒有被打開。做一個這麼早年代的旅行者我非常焦慮，那個焦慮是我們即使到南極世界，我們帶回來的還是自我稱讚的愉悅、快感，跟我去了哪裡。所謂的繁花都是

在旅行裡被完成，回來都是凋零的。因為妳非常痛苦，回來又要去上班了。對我而言，這個思考其實是，我一直在想為什麼母親沒有辦法融合入其他的族群裡，尤其她很討厭某些族群，我覺得是她以前年輕的時候被欺負，可能曾經去幫傭，她可能就不喜歡那個世界。可是我很幸運，我覺得陌生人的慈悲把我帶回了島嶼。我在國外非常多的時間，是處於危險之境地。比方說我在巴黎錢包就被偷了，當時我印象非常深刻，我在想我怎麼回到我住的地方。我又沒有半毛錢，我旁邊竟然站很多東歐人，他們用身體去賺錢，所以給我很多體會。這很像一本小說，我作為一個一無所有的失去者，身分被扒了，怎麼去認證己。還好我的手機在我的口袋裡，所以我當時就打給我們在巴黎的駐法中心。他就帶了200塊歐元，我現在都還沒還的樣子，來給我救急。我前兩年去柏林，我的手機也是放在桌上被偷，我的手機其實也不是iPhone，我用那個很爛的，然後它就是被偷。那些手機流落到哪裡？那裡面的資料也被解碼了，我覺得這也是一個故事。所以對我而言，我自己生活在他方的經驗，其實跟我自己從小也喜歡讀《西遊記》，玄奘他們從年輕的時候一路上路的那種精神。我在這邊

做一個ending，玄奘大師西藏取經，在我從小沒有太多書而被我翻爛的《西遊記》和《白蛇傳》，其實給我一個非常大的旅行的視野。為什麼？因為當時我知道唐朝是一個非常繁華的世界，這樣的一個高僧願意捨棄高位上路，你即使給他再多的美女都誘惑不了他，其實跟我們今天當代的文學一樣，你上路之後，有任何的擦撞、任何的毀損，就是小說家的身在之處。對我而言，旅行其實是離開島嶼，我們的島嶼很小，可是我們的海洋很大，海洋就註定了召喚。其實在我的南方世界，我的上上代或上一代，他們都嚮往出洋去航海，到了我的世代我反而拘謹了。其實我的旅行對我而言，沒有真正的跨國，真正的像《黑暗之心》。可是我自己心裡想，接下來我要寫作的東西是跟母親有關的身體的旅行，因為我們長期在醫院流浪，在醫院流浪裏頭也是一種旅程，病房跟病房之間也是一種旅程。我想要寫的是母親別後，我預想我跟她告別之後，我怎麼帶她的骨灰上路，無論如何旅行都是一種自我跟世界的對話，在世界的中心呼喊自我，或是你所在茲念茲的人，我覺得有一種高度的思念吧。我想我接下來的旅行就成為小說世界裡的浪花浮蕊這樣子。謝謝。

黃宗儀：非常謝謝鍾文音老師的分享，那我們接下來請黃麗群。

黃麗群：我剛剛想說下一個應該是客人，我就很悠閒，結果cue到我，我有一點緊張。大家好。我想我當時拿到這個題目的時候我有點……。我講一件事情，我想大家應該知道旅行在不一樣的時空還有在不一樣的文化圈裡，其實是有很大認知上的差異。比方說，大家知道田就寫過一個義大利隨筆，一個義大利旅遊記，那個遊記就是他在義大利走來走去、到處洗溫泉，他覺得身體不好要去洗溫泉，他整天就漫遊整個歐洲跟義大利。可是同時段，其實中國明朝有一位哲學家叫做湛若水，現在也有一個人叫這個名字，他是一個濟公大師。明朝哲學家湛若水和蒙恬基本上是同代人，一個是15世紀中到16世紀，一個是16世紀的人，這兩個人對於旅遊的看法是非常非常不一樣的。湛若水就覺得說，「形遊」就是形狀的「形」，這個身形的遊歷是下下等的遊，真正高級的是「神遊」。最高級的是什麼？是「天遊」，是跟天道的一起遊。我們聽起來真的是很幾虛的一種事情。這就是說，旅遊或是旅行，甚至我們從一個產業的角度，來講觀光這件事情，其實我覺得它蠻大一部分是一個現代性的

產物。也就是說過去，我們會說你這個人是「道上人」，仔細想想他為什麼叫「道上人」？在我看來他講的意思就是說，他不是一個「安土重遷」的人。他在農業社會裡是一個游移的、不安於室的分子，所以用「道上人」。它裡面的含意，跟我們現在對移動的看法是非常不一樣的。對我來講，觀光或旅行這件事，我們現在所認知的旅行，大概是現代化之後，變成了一種奢侈財。在九〇年代，炫耀性的消費是買什麼？買名牌包。我們那時候走在全東區看到的女生全部都要提LV，東區的標配就是一定要提LV，它就是那個時代的炫耀性消費。可是現在我覺得，很多人都講，年輕人都拿iPhone，那是奢侈品啊。其實我覺得那不是奢侈品，對我來講，這是一個時代之下必要使用的裝置。也就是說，現在年輕人使用iPhone不是為了奢侈，而是如果不用這個，他會被社會、被現在進行的事情給拋棄。現在對我來講，炫耀性消費就是旅行。應該這樣講，移動或是跨國移動這件事情，它的意義對於每一個個體來講當然不一樣。比如剛剛文音講她的原始動機是逃避。但是我覺得即使對每個主體的意義不一樣，但是客觀上，它所促進或所完成的一件事情其實是資訊的交換。比方說

我今天作為一個外國人去了一個外國的地方，我即使什麼都不做，我也達到了資訊交換這件事。我舉一個例子，去年我去了義大利，我去了很鄉下的地方，我相信那個地方是都沒有看過東方人的那種鄉下。他們全部都會盯著妳看，就是妳很難想像現在還會有一個地方，因為妳是東方人，然後鎮上的人就一直盯著妳看，世界上還是有這種地方。妳光是在當下present在這些人面前，其實妳就完成了一個資訊的交換。妳讓這些人知道世界上有這樣的人存在，有這樣的樣子、這樣的語言，或是有這樣子的不一樣的人存在。它是一個資訊的交換。可是，現在對我來講，觀光或旅行作為現代性這件事情，有一個奇異的現象是，現在的旅行是不需要大量的身體來介入的。比方說剛剛文音有提到三毛，當然我相信三毛的寫作放在今天還是會是非常有趣的、很有意思的以及會受到歡迎的。可是我們回頭看一件事情，她當時沙漠的經驗的珍稀性、珍稀價值，放在今天，它還是會是同樣的嗎？我覺得我是存疑的。也就是說在那個時代作為一個去沙漠的女性，這件經驗本身的珍稀價值是非常高的，這個珍稀價值為她的寫作帶來非常大的價值。可是放到今天，我們非常習慣各種的部落客，這世界上

已經沒有什麼部落客沒有寫到的地方了，這世界上也沒有什麼部落客沒有談過的奇怪的經驗了。放在今天這種珍稀價值還會存在嗎？其實我有一點懷疑。比方說我們常常在看從前的文人在寫旅遊、寫遊記，其實有很大很大一部分的功能他是在做資訊的吸回這件事，比方《馬可波羅東遊記》，當然也有很多人說他根本沒有去是他自己在幻想。或是說我們比較熟悉的小時候讀過的《老殘遊記》、《徐霞客遊記》，其實它裡面很大工作不是在做哲學或是思考上或是文學上的記憶的砭針，它有很大的工作是在做經驗與資訊的吸回。如果今天在現在當下這個場景，經驗與資訊的吸回已經不是文學寫作者需要做的事情的時候，那它會是一個怎樣的場景？比方說，之前有一個朋友跟我說，以後都不用吸大麻了，有VR，他認為VR可以取代很多東西。我有玩虛擬實境那個盒子，超可怕超真的，很真實、很像真的，但它沒辦法完全取代。我玩完之後在想一件事情，就是那個空氣是不一樣的。也就是你可以透過這個盒子看到，比方說櫻花落下來的那個場景，可是你聞不到那個河岸排邊空氣的透明感，然後你感覺不到那個花瓣可能輕微拍打你身體的感受，也就是說身體感這件事在現在是無法被取代

的。所以剛剛黃老師有介紹我在做一個旅遊的新媒體，但我現在已經離開了。大家為什麼笑？當時我只是覺得我想去做一點別的事情，沒有什麼不愉快。我的意思是說，當時我在做這件事情的時候，其實我一直在思考，在這樣的時空環境之下，我再重新用文字敘述這件事情，它還有什麼樣的可能？這件事情對我來說有點難，比方說，我去年去義大利的時候，我才知道我們看到義大利米開朗基羅、拉斐爾畫的那些很肥的雲，天使在那種很肥的雲裡面，我們會覺得那個雲很奇怪，為什麼畫得那麼肥？因為我覺得台灣的雲是薄的，不是會有那種光影極為立體的肥雲。當我到了義大利，那雲嚇死我了，這雲真的就是寫實的，極為的寫實。可是你沒有在那個地方用你的感官跟身體去理解這件事情的話，其實是無法理解的。回到現在，台灣對我來講，包括寫作者，台灣是一個四面環海的地方，我覺得最大的問題也不是在四面環海，而是我們的地理跟風土的均質性很高。也就是說大家也知道台灣是會有城鄉差距的，還是會有不一樣，這是一定會有的。可是仔細想，當你如果去到別地方的時候，你會發現在一個版圖更大，我舉一個最好的例子，就是我們的鄰居中國，他們雖然是同一個國

家，可是基本上他們的地理風土跟人文的差異性非常非常大。可是台灣的均質性是很高的，它是一個比較平均的地方，在這種平均底下，如果你要去獲得那種異質的陌生化的氣味，其實它的成本很高。因為就回到我剛剛講的，比方說，我所有的朋友只要有留學過歐洲的經驗，他們全部都會做一件事情，在歐洲做鐵路旅行。歐洲的鐵路旅行實際上是可以看到非常非常多異質的環境。可是在台灣，我們的鐵路環島，我們看到的風景，其實均質性還是很高。所以當你要找一個異樣的體驗、陌生化的體驗的時候，其實它的成本很高。剛剛文音一直在講，其實旅行是不能一直發生的，因為它的成本是高的，尤其對我們這種專業寫作的，大家知道台灣專業寫作者其實不是一群有錢人，我們都在貧窮線下掙扎中。它不能一直進行，所以會有很多好的，比如說剛剛文音講到這種折衷的方式就是，出版社請她做這樣子。但是事實上，這均質性也是像文音講的，她會覺得她想要逃走。你逃走為什麼一定要去外國？你為什麼不能逃去花蓮？因為的確均質性太高，共享的價值觀是非常非常近似。我們不會去到花蓮價值觀就突然不一樣了，並不會。所以其實對我們來講是有一種侷限閉鎖的問題。我記得我

去上海的時候，上海有一個也是像這樣的研討會，有一個上海作家說，他覺得台灣的寫作者都有一種被圍困的感覺。我說對啊就是啊，我們有很多人已經被圍困，但是還有人一直在威脅我們啊。的確是這樣嘛，台灣的局勢就是讓人覺得一直有一種被困住的感覺，那被困住的感覺是各種的狀況。對我來說，對一個寫作者，這種困住或是這種圍困感，只在寫作者的生活裡面其實也有一種表現。也就是說，就像是我在另一場研討會，我跟另外一個寫作者黃崇凱討論到一件事情，就是說在台灣寫作者使用的語言，事實上看起來，比方說同樣是寫漢字的其實大家都看得懂，可是裡面的文字的意象和皺褶，其實只有台灣的人看得懂。我們如何去延伸文字裡頭的意義，我們如何去操作文字的那種趣味。比如說我們會有混合了和製漢語，混合了台語文的這種語法以及語彙，這種語法以及這種感觸、感受性，其實不是所有使用漢文的人都能知道。所以說我們的想法是在台灣寫作，它其實是的確是只有寫給台灣讀者看的。那問題來了，台灣作為一個四面環海，而且在這個漢語文化圈裡，它日漸被邊緣化，或者說它本來就很邊緣，我們本來就是在這樣的情況下，如何去理解我們自己的國家，以及如

何去講述我們的文化，其實變得很困難。困難不是我
們的困難，困難是很難被翻譯，以及很難被引進到其
他的文化圈。這裡面有雙重的，一重是翻譯本來就是
會隔一層；另外一重就是我常常會開玩笑說，假使
你是一個美國的寫作者，或是你是一個法國的寫作
者，其實你就隨便寫什麼，大家都會很積極的要來看
你，那是因為他背後的國力與文化話語權在支撐他們
的寫作者，我們的寫作者其實是沒有這個東西去支撐
的，我們要花非常大的力氣。我們的寫作者並沒有寫
得比別人不好，但是在一個全球如此扁平然後翻譯的
活動，國與國之間交流活動如此頻繁的情況下，這
種頻繁反而對我們來說不一定是一個優勢。也就是
說，雖然我們可以很容易的出去，可是出去也是，對
我來講，在現代做這樣的思考。當我知道要來講這個
題目，做這件事情的思考的時候，其實它跟我旅行出
國的感受是一樣的，這樣想想有點硬搭，可是它不是
硬搭。當我出國的時候，我的想法就是我必須回頭再
認識，我雖然人是出去了，但我出去的經驗都是讓我
回頭再認識台灣現在的處境，以及台灣的經驗。也就
是說那些外地的經驗，其實都是我去重新理解，我
們之所以作為台灣人以及我們在台灣的處境到底什

麼？這個其實聽起來很平凡，但是，如果沒有機會出去做這樣的思考，但其實會有點困難。那種經驗其實並不是真的坐在這裡我們討論可以討論出來，那的確是需要自己的實踐。那該怎麼說呢？我剛剛前面想要講的很多，可能也沒辦法完全傳達出我的想法。總之對我來講，我做一個最後的總結，當剛剛我們提到的，經驗的珍稀性這件事被取消之後，我覺得旅行這件事在文學裡的實踐，我覺得小說可以是一個方法，對我來講，散文或是紀實性的報導，其實在這裏面已經不是那麼重要了。就是說，或許有很多的地方去補位，部落客或是很多很多資訊性的東西都在這中間補位，但是唯有小說是利用寫作者的眼光，去再敘述這件事情。我們如何去再敘述我們自己，我們如何去再敘述世界，我覺得是旅行在文學裡面新的進度，也不是說新的進度，應該是其他的進度現在已經不是那麼有效了，但小說對我們來講仍然是一件有效的事。大概就是這樣，我的時間超過很多，謝謝大家。

黃宗儀：非常謝謝麗群，那我們現在請朴馨瑞老師。

朴馨瑞：這個其實跟我剛剛發表的非常相似，我常常在想旅行
到底是什麼？是不是一種非日常的關係。我今天來到
台灣參加這個研討會，然後我明天要去台南，我也去
找了一些有關台南的資料，然後也準備了一些明天要
去那邊的衣服。這樣的旅行過程，或者我去永康街吃
了一個鳳梨酥，或是我在這裡參加一個研討會，在三
種狀況的一個旅遊到底有什麼不一樣呢？難道準備多
的就是一種比較真正、完整性的旅遊嗎？所以我常常
在想旅行，跟我們常常說去郊遊，或是出門去動一
動，這三個之間有什麼相同或不同之處？同在哪裡或
是不同在哪裡？那我想要聽聽其他學者的意見。那先
談到這裡。

黃宗儀：接下來就是請茅野了。

茅野裕城子：因為上一場才發表過，所以我有一點像是延續剛
剛講的內容，繼續跟大家分享一下。我覺得我在旅
行當中，我覺得最理想或是最舒適的空間是在哪裡
呢？比方說我要從一個城市移動到另一個城市，或是
從一個國家到另一個國家，我可能會需要在機場的咖
啡廳稍微休息一下。那這個咖啡廳是我覺得非常舒服

的空間。為什麼會喜歡這個空間？因為我覺得機場這樣的空間其實很像當我們要從一個語言到另一個語言的中間，這個轉換的過程。就像昨天多和田老師也有講到，在這個中間，語言是空白的，它是一個什麼都沒有的空間，但是也讓我可以藉由這樣的空間或時間去感知我自己。我們看到現在的世界文學，是有很多作家寫作的語言，並不是自己的母語，那也有很多人同時會很多種語言，所以他是可以多語寫作的作家。其實我非常欣賞昨天多和田老師的演講裡有特別提到說，她自己本身會用日語跟德語兩個語言來寫作，而且她不願意放棄任何一邊，因為她覺得來去這兩種語言的過程當中，是一個很有趣的經驗。而且這兩個語言對她來講就像是兩個不同的頻道一樣，兩邊她都有獲得一些東西。所以多和田老師的想法讓我非常非常欣賞，我很喜歡她的作品。以我自己來講，雖然我懂得日文以外一些其他語言，像是中文或是一些其他的外語，我聽得懂也能講一些。可是，如果講到寫作的話，我還是習慣以我的母語日文來書寫。儘管我完全使用日文來書寫，但是我因為會其他語言，包括我用其他語言來思考，或是說我在說這些語言的時候，我都覺得這些不同的思路可以帶給我的日文創作

新的資源、新的材料。離題講一下，因為剛剛講到紀大偉老師的論文裡有講到白先勇先生的一些作品。我兩年前曾經跟白先勇老師有一面之緣，那時白先勇老師到日本去參加一個會議，隔天白先勇老師又跟來自中國的另外一位作家張承志先生見面。張承志先生對白先勇先生有一些評價，他說白先勇先生所寫的作品非常的好，但是他有一點點意見。因為白先勇先生的背景，他的父親是將軍，他的母親是回族人，而且也是他們族裡知名的美女，但是為什麼他都完全沒有提到他母親的回教背景呢？我第二年有一些機會透過其他的作家知道了原因，白先勇先生後來沒有跟著母親信回教，而是改信了佛教。他自己對於白先勇老師這一輩子的經歷，包括他幼年在中國，後來又來到台灣，又有出國的機會到紐約，後來又回到台灣，這中間也包括他出櫃的經驗，然後把他自己性向的觀念帶到小說裡寫下來。他這個人生漫長的移動以及移動當中種種的變化，我們都覺得非常有意思。同時我也覺得，像台灣這樣的身分，我們會視白先勇為一個重要的作家，這個也是台灣很有趣的一個特質。

黃宗儀：謝謝茅野老師。第一階段我們就先到這裡，第二階

段我們就請在座的四位作家，針對彼此的發言做回應，或進一步提問。那我們是不是先請文音開始？

鍾文音：作為一個台灣作者，剛剛對黃麗群提出的一些很有感受。第一個是異質性這個問題，因為我們所有的創作者都在同質裡去尋找異質，而旅行通常是作為一個異質的道路。她剛說我們去花蓮，這個經驗我有。我有一次刻意為了異質性，闖入一個山頂部落，結果發現他們都在談政治，我就發現逃無可逃，所有講的都是政治，所以我一聽覺得我要下山了。這個問題確實同質在台灣，因為整個媒體太發達了，被四面包著。異質性對我而言，確實存在著很高難度的寫作。所以變成個體的壯闊性不成的時候，集體的異質性就跑不出來。即使，剛剛麗群提到一點說，三毛的沙漠旅行還存在這種珍稀性嗎？那剛好我去過沙哈拉沙漠，我覺得倒不是去呼喚所有在13歲完成的三毛的閱讀，而是很奇特的，不論妳多麼知道沙漠是長這個樣子，可是妳掬一把沙在寶特瓶裡把它小心翼翼地帶回來的時候，妳還是覺得這是沙哈拉沙漠的沙，妳還是覺得會有珍稀性，是因為個體。個體有一個奇異的特性是，剛剛麗群有提到的，它是電腦裡沒有辦法召喚的

際遇，際遇可遇不可求。我可能在南非，螺旋槳下降的時候捲起的，這些奔跑的羚羊，土地的氣味，這些都是電腦螢幕沒辦法召喚出來的。但是最重要的是際遇。你或許可以想像羚羊奔跑，可以想像充滿獸性的植物氣味，你或許可以想像南非的黑白種族翻轉之路，這種資訊性的。可是個體的際遇就是沒辦法取代。我舉一個我去南非的時候，跟他們說我要去，他們說我會走不出來，我以為是因為迷路，結果不是，是因為我的嚮導太帥了，我會不想回來。怎麼可能？嚮導太帥。結果果然，嚮導太帥了，我想居住在那裏，我想留下來。可是很不幸的發生一件事情，但是只能在小說裡說。我要說的就是個體的記憶。第二個就是，最神奇的一個東西很好玩，其實包括我們整個城市，那種過去我的年代每個人幾乎都有LV，不管仿冒或真假。最近我有帶貴婦班寫作，這是我寫作貧窮的一點點酬勞，所以我有一些東西看起來不錯，但其實是她們餽贈的。因為我帶貴婦班寫作，所以我就跟她們說蘭嶼風災需要……，其實我帶了很多年，但她們都沒有在寫作，她們是需要我傾聽她們。她們先前都會講一些她們旅行的經驗啊，比方說她們到瑞士買了什麼，從卡地亞到卡夫卡這個路程

非常困難。聊完卡地亞我就要跟她們講卡夫卡這樣子。那次我們講到蘭嶼呢，你知道那些人可能非常熟知東京啊北京啊，熟知倫敦紐約，她不知道蘭嶼，這就是我們的悲歌。至於很遙遠的部落，因為跨一個海她們就很陌生，所以她們給我的東西就很奇特。有一次我去蘭嶼（旅行），就看到蘭嶼的阿嬤拿LV的包包去裝檳榔，那對我來說是非常奇異性的、異質性的。也許異質性在那一刻發生了。所以有時候對我而言，我們或許很明瞭他者，但是我們可能不知道我們哪一個地方有一個怎樣的災難。對於我而言，我自己有一個很深刻東西寫在島嶼裡頭的三部曲，是所謂我對於島嶼的生態六輕，六輕離我的村落非常的近，那些六輕的孩子、麥寮種種，但是我還是沒有辦法書寫它，因為那樣的浩劫需要一定的時間去沉澱。另外我想要回應寫小說這件事，剛剛麗群有提到語言，還有黃老師也有提到、還有朴老師，他們提到語言這個問題，就是語言的在地性。我相信台灣的文學一直沒有辦法外輸，絕對是語言的關係。像我的《短歌行》其實有翻譯成日語，可是事實上只有翻譯三分之二，後面就完全放棄了，因為時間來不及。因為我們融合了太多語言有複雜性，台灣本來就是一個混血文化，有

客語有日語，上上代一來語言就變了，日語就被抽走了，所以語言是非常困難的。我在旅行裡頭操作語言也是最困難。因為如果沒有語言，事實上旅行是一個困境。我印象很深刻，我有一次在土耳其不小心搭了便車，可是在非英語國家，他完全不會講英語，他只聽得懂我講Hotel就很高興，但事實上這就是語言的誤會，它非常危險。我覺得每一次賣弄異國情調，也很可能是我們的心法或是什麼的。所以語言成為一個但書的情況下，在台灣做為一個作者，你要不要守著語言，這一個你的語感的一個自我性呢，還是你要滾入一個集體的變異性。對小說家而言，其實有相當大的掙扎，就是每次寫出來都會覺得這個語法怎麼這種，所以語言其實值得思考。另外一個就是，小說的有效性。因為當經驗不斷的被報導，在手機介面不斷的被傳輸的時候，旅行的空白已經沒有了，世界的空白其實也已經沒有了的時候，就是個體回到個體，世界的心靈空白反而是大量的存在。所以作為一個有效的載體，她認為是小說，我覺得非常的認同。再回應茅野老師的提問，如果是大旅行跟日常的旅行，對我們小說家而言有著差異。我覺得日常的旅行，像我剛才出門來政大，天啊我覺得怎麼比我去曼哈頓的蘇活

還要不了解。因為蘇活我可能很熟，我住了兩年，來這邊我就一直走錯，興隆路然後秀明，其實我來會走錯的原因是為什麼呢？因為對我而言，我沒有生活過，它只是一個抵達之地。我相信很多人寫不出旅行文章，是因為他永遠都是抵達，那些生活的細節跟痕跡沒有辦法被曝露跟揭露，所以旅行的文章在台灣就變得非常平板化，乃至於沒有生活的痕跡。另外一個就是日常補充的這點，我們抵達的大旅行，我可能抵達了極南之地，可事實上寫出來是需要日常的鋪陳跟生活，所以其實旅行的抵達跟回返，有一個大量的思路的時空是很多旅人沒有去把它承接回來的。就是你要去認識當地人，可是很多的旅行都是不認識當地人就回來了。所謂世界這兩個字，事實上只有「界」，就是邊界的「界」，界跟界之間的移動，但是並沒有「世」這個東西。最後我認為日常旅行是不需要準備的，因為準備就是例外，像現在這個例子一樣，因為意外就是走錯，原來動物園這麼近，我就想起我小時候的動物園，所以它有很多意外的旅程會被塑造出來。可是大旅行就千萬不要有意外，因為你可能就回不來，太危險了。然後茅野老師提到的一個問題是語言，我剛才有講。我就先回應到這裡。

黃宗儀：謝謝文音，接下來是不是請麗群回應一下。

黃麗群：我想我這邊就回應韓國的朴老師還有日本的茅野老師
兩位的討論。剛剛朴老師有提到一件事情，旅行跟出
門走走跟附近活動一下的差別在哪裡？我不知道各位
手上有沒有大會提供的朴老師的文章，我覺得這篇文
章我非常喜歡，我讀了好幾次，而且非常幽默非常可
愛。他後面提到了一個東西，我稍微唸一下：「首先
獲得文學獎是一個不祥的訊息，」我看的時候呢我就
覺得太好笑了，「這意味著我的小說從此以後必須有
更大的變化，否則獲獎之日就將成為我的文學成就最
高點。」然後他說：「我一直覺得自己不是一個寫得
好的作家，而是一個寫的不同的作家，所以是我自信
的來源。」接下來是重點：「不同不僅僅是意味著跟
別人寫的不一樣，更意味著自己要寫的跟以前的作品
不一樣，如果我們養成了慣用的形式，很快就會被認
為是懶惰，又或者是被先入為主的習慣而侵蝕。」
我覺得這個可以解釋剛才朴老師的問題，這樣說好
了，很多人會認為，你知道這是一種修辭法，就是如
果我在日常生活中，剛才我講到旅行或者我們在不一
樣意義的移動，或是把你拔出那個一個蘿蔔一個坑的

生活，讓你用一個陌生化的眼神去關照世界。我可以舉個例子，我每次出國回來，我常常會有一種不想回來的感覺。比方說我在洗澡的時候，我就會幻想我還在飯店的那個淋浴間，照理來說感覺應該是很容易對不對？比方說我昨天可能還在某一個東京飯店的淋浴間，今天可能就回到了我自己家裡的淋浴間，照理來說這24小時之內，我的知覺應該還在，應該還是很容易的去幻想這件事情。但是其實非常的困難，人類知覺的尖銳以及慣性的堅韌，是超過我們自己想像的，所以其實很難，那種日常生活的軌道其實是很可怕。或者說我們之所以會覺得那麼困難的原因，是人類自己的慣性非常非常的堅韌，你是無法用這樣的方式去想像的。所以主要剛剛朴老師說的那個問題在哪裡？就是說，先入為主的習慣這種事情，其實真的很難打破。對我來講，最大的差異也就是這種生活感，身體周圍的那種空氣感，比方說，它會直接的在你不知道的時候，就已經告訴了你，你現在在哪裡。我最近發現一個有趣的方式，讓我脫離生活日常的熟悉，就是你在自己家裡面就像飯店了，怎麼還會有陌生的感覺呢？最近我玩寶可夢的時候，因為寶可夢的怪物會出現在非常多你無法想像的轉角，那常常

會是你平常沒有注意到的地方，比方說它會出現在一個看似離你家附近很近的一個巷子，但其實我從來沒有走到那邊去。對我來講，這是一個蠻有趣的方式，我那時候真的覺得這個介面幫我重新去認識我的生活周遭。當然自從寶可夢退燒之後，這件事情也比較慢慢的成為比較沒有慣常的一件事。我要講的就是，剛剛朴老師問差異性在哪裡？我覺得差異是我們擺脫先入為主的慣性的強度，我們需要一個更大的方式、更強的意識，或是有一個輔助的方式，才能把我們從那個日常的先入為主的習慣拔出來，否則真的是有一點困難。剛剛茅野老師後面有講到白先勇老師的移動故事、家裡的移動故事，我覺得這是一個很有趣的事情。應該這樣說，我想到我最近發生的一件事情、一個經驗。我家裡面最近出土了一批我爺爺以前留下來的文件，我家裡不大講上一輩的事情，可能是沒有習慣，可能也沒有覺得什麼。我爺爺以前從軍的時候，他參加太平洋戰爭的時候的一些文件。我覺得非常的奇，因為我沒有想過，我爺爺在當我爺爺之前，他的人生是怎樣？他當然不是生下來就是我爺爺。這時候我就開始去做一些搜尋，這件事情其實我沒有公開講過，反正今天人很少我就繼續講。我才

很意外的發現到一件事情，當年在太平洋戰爭的時候，有一個戰區叫做泰緬戰區，泰緬戰區當時有一支部隊，是美軍跟國民黨軍隊一起成立，應該是說國民黨出人，然後美軍出器材、英軍掌管伙食，我如果沒有記錯的話。他們那時候在那邊作戰，我爺爺那時候在那邊作戰，那是當時的一支裝甲部隊，那個裝甲部隊曾經打了一個戰役，叫做瓦魯班戰役。瓦魯班戰役各位可能不知道，因為它是一個很有趣的戰役。它在太平洋戰爭上是一個很奇異的勝利，它當時擊破了日本在緬甸上的陣線，讓當時的日本18師退到一個很後面的位置。我爺爺在那場戰役中負傷，因為他負傷他還有得到什麼勳章之類的。於此同時，當我在追尋我爺爺攻打日本軍隊的故事，我本身身為一個金澤的大粉絲，因為我最近在做一個有關金澤的計畫，我一邊又在查詢非常非常多的日本資料。我不知道各位能不能夠體會到我當時一個有趣的感受，也就是說過去的一百年來，許多、各式各樣的包含日本與中國以及美國的文化的受容，最後都聚集到台灣，並且聚集到了我們這一代身上。也就是說，對我們這一代而言，我沒有什麼歷史的包袱，我可以用比較冷靜而且比較有趣、比較自外於所有的情緒的眼光來看這件事情，

而且我並不會因為我是爺爺打過抗日戰爭的一個後人，就覺得我也要抗日。對我們這代來講，我們沒有這些歷史的情緒，全部都是我們身上有的過去的故事，這些故事最後結晶是在台灣做了一個各種各樣文化的受容。所以我覺得剛剛茅野老師提到那個移動過程，讓我想到我當時在做這個精神分裂的事情的時候。一方面我是覺得有點幸運的，因為很多時候人去拓展經驗，去做一些研究、去做一些觀察，其實是基於自己生活的興趣、是基於自己出發的。我可以想像可能是一個生活在美國的美國人，我不是看輕美國人，我只是比方，他可能不會有機會從自己的身體、從自己的經驗、從自己家族的歷史出發，一下子觸及各種南轅北轍的東亞的故事。我覺得台灣真的是很多東亞故事的凝結點。我覺得生在這個地方，以我自己的例子來講，就是很多東西都移動到這裡來，我很幸運，以我的年紀做為一個沒有歷史情緒包袱的一代，我覺得我們這一代開始，或許可以做到一些真正的文化之間融合的事。可能在過去還有很多不一樣的包袱，可是我覺得從我這一代開始，或許有機會真正的作為一個移民社會的文化融合。好，大概是這樣。

黃宗儀：非常謝謝麗群，那現在請到朴馨瑞老師回應一下。

朴馨瑞：在這邊透過翻譯很認真的聽了各位的發表，聽了20分鐘以上，突然間就要問我意見或者是有沒有要發表，我有一點慌掉了。我想要先好好沉澱一下我的思緒，不知道可不可以等一下再發表或是等一下再提問。

茅野裕城子：剛剛我們聽到黃麗群老師說她現在正在做一個金澤的計劃，或者是一個旅行的計劃，但是剛剛鍾文音老師也有講，我們往往是身在近處的地方，我們自己反而看不到，我覺得非常有道理，因為雖然我身為一個日本人，但是我一次也沒有去過金澤。然後我們剛才也聽到黃麗群老師說到，她如何在家裡找到有關爺爺的史料，我們覺得非常非常的感動，我們也希望麗群可以繼續再去追蹤自己爺爺的歷史。另外我想要聊聊黃麗群老師的《海邊的房間》，其實這個作品我以前就讀過，因為我這次為了來參加這個研討會，我又重新把它拿出來再讀了一次。看了第二次之後，我有一些新的發現。大家應該知道村上春樹先生的新作《刺殺騎士團長》即將要在台灣出版中文版，在《刺殺騎士團長》裡面提到一個很重要的敘述主

題，一個父親如何去養育一個孩子。他知道這個不是他的小孩，還是把小孩養育長大的故事。我們都說這樣子的行為，好像要去當一個聖約瑟，就是聖母瑪利亞的先生。我在《海邊的房間》裡也發現了類似的構造，就是明明不是他真正的父親，卻想要去當他的父親的構造。所以我們非常建議麗群將來可以讀一下村上春樹的這個中譯本。另外我手邊有一本鍾文音老師的《短歌行》的日文版本，我非常非常可以感受到鍾文音老師不愧是學藝術的。因為覺得她作品的呈現有一點像是一幅長長的捲軸，我們可以看到捲軸上面可能會出現一些天空的雲朵，因為她可能是用一種俯瞰的視角描繪這些景色。在鍾老師的作品裡面，我們看到的可能是現代，但又有可能會拉回比較久遠以前的時代，這樣一種跳躍的寫法其實就很像一種俯瞰的寫法，非常非常的具有藝術感。我們看到在這本小小的書裡面，其實它集結了台灣當代的一個家族，從過去到現在的歷程，作為一個讀者在閱讀這本書的過程，對我來講就是一種到他國去的旅行。

朴馨瑞：我覺得剛才麗群說的關於一些爺爺的事情或者是母親的事情，我覺得非常有感觸。尤其是聽到爺爺的故事

後，我突然想起從朋友那裡聽到的一個故事。這個朋友在他小時候跟爺爺一起住，這個爺爺每當家裡沒有錢的時候就會默默的出去，然後賭博賺一些錢回來。這個出去賭博、賺一些錢回來的事情大概反覆了三四次。然後突然間需要比較大筆金額的錢的時候，為了家庭、為了家人，這個爺爺苦惱了好多天之後，還是出門去賭博了。每次出門只要沒有賺到這筆錢他就不會回家，然後這個爺爺一直到現在都沒有回到家。在韓國，從以前開始，為了家庭、為了家人會到德國或是阿拉伯國家或是中東這些地方去工作，為了家人、為了賺錢。雖然我沒有見過爺爺，可是在我們小時候，為了家庭、為了家人、為了賺錢去很遠的地方，每當我想到這個，我都很希望有一天爺爺能夠回來，但是這其實已經是30年前的事情了。我剛開始旅行的時候都會想到一些比較新的、新奇的、有趣的東西，我還會想我可以透過這些旅行得到什麼？但是我想到這爺爺的時候，爺爺為了家庭離開的這個動作，也是一個旅行。所以我時常也會想到說，這樣也是非常浪漫，或者是說，不是那麼多的日常的事情，我也覺得是一個旅行。

黃宗儀：我想第二部分的作家交流就到這裡。非常謝謝四位作
家不同的經驗跟寫作的角度，讓我們思考跨界跟書寫
和旅行跟空間的各種可能性。剛剛有非常多豐富的議
題，我想在座的各位應該也有很多問題要跟作家們交
流，那我們大約應該還有20分鐘左右的時間，就請大
家開始提問，我們會收集問題之後再請作家一一回
答。等一下就請你們說一下你想問哪一位老師什麼
問題，可以輕鬆一點。我們等一下就可以去吃晚餐
了，所以如果會議也是一個旅行的話，我已經快要到
終點，通常要下車的時候應該都還蠻開心的，因為一
路上應該已經見到了很多美妙的風景。我想這兩天的
會議，大家應該都很有收穫，請大家帶著分享奇觀的
心情，雖然空氣可能沒有很透明感，但我想應該還是
有很多想法可以跟各位、還有跟在座的作家交流，請
大家可以比較casual一點。好，范老師。

范銘如：我想其實剛剛四位作家都有談到一個語言的問題。我
想我們做為一個文學研究者跟創作者都一樣，幾乎對
語言的問題都非常敏感，語言是怎麼呈現我們的經
驗？怎麼再現我們的生活面向文化面向？我想，這個
語言的困境不只在呈現我們自己的時候。剛才鍾文音

有談到，其實台灣文學本來就是一個多語的中文，所以在呈現台灣的經驗、台灣的歷史的時候，我們要用一種比較混融的語言。這種混融的語言特質在翻譯的時候，其實就會遺失掉，當遺失掉的時候，其實也就遺失掉部分台灣的精髓。相反來說，當你做一個旅行者，你旅行到那些異文化的時候，你要用語言去呈現那個異文化的時候，其實也會面臨到，雖然你人已經到了那個異文化，但是你的語言還是你的母語。你的原始的這個中文這個母語，要去呈現一種異文化的那種異質性，我覺得其實也會是一個很困難的地方。我想四位作家一定都會有面臨到這樣的挑戰跟經驗，我很希望四位可以跟我們多分享，從你們自己的創作經驗，你們有沒有哪一些文章是特別面臨到這樣子的困境？你們是如何去解決？

黃宗儀：還有沒有？再一個問題之後我們讓四位作家輪流回答。還有嗎？如果沒有的話，我們是不是先從文音來回答一下范老師的問題？

鍾文音：其實語言在旅行的時候，因為它失效的關係，語言通常會使人變笨，因為你操作另外一個語言。我去國

外，人家都不相信我是作家，因為破爛的、有口音的
英文。可是我覺得剛剛講得很好，當然這對他們是不
足的，你要呈現你是作家的這種語言的時候，它是有
困難的。可是相對的，我也很難去跟他們分享我的老
莊。比方說老莊有一句「藏天下於天下」，你怎麼跟
他講？其實這就變成我們的友誼是維持在平面，你怎
麼去介紹你的作品就更難了。當你揭露你是作家，在
外國友人、或者是剛好萍水相逢的友人的時候，其實
你的職業、你的語言是失效的。然後另外一個是我覺
得失語，對於當代的一個作者，那種程度是一種失語
的狀態。這種失語是因為，我不要說我們轉介到另一
個語言，我們在台灣就已經是失語，因為我們已經習
慣了手機不斷傳給我們的LINE的金玉良言的、教條
式的、平板的語言，然後又遇到了文學操作性的藝術
的語言的時候，其實讀者都沒有辦法進來，就變成文
學的板塊越來越萎縮。所以我剛才說作者是要無盡的
繁衍自己的語感的語境，還是要投入新的大眾語言
裡，對我而言確實如范老師說的，我們在寫作的時候
非常非常的困難。而且我覺得最大的困難來自於我的
母語跟我的父系是講客語的，然後我外公、祖父他們
又會講日語，所以那個寫在《短歌行》，其實有人說

211

是失敗的實驗。因為我祖父一醒來變成中國人的時候，他醒來他的語言就失效了，他怎麼恢復他的日常生活呢？所以他的困境在語言的那代都已經產生了。那我自己覺得變成一個文字的話，可是我們現在有流行一種台客的這種文字的語言。比方說我在讀台灣作家林俊穎的某些語言使用上，很有意思，比方說歐都拜他就直接寫「歐都拜」，他有一種異國的美感。本來我們會寫Moto或者是機車，現在機車有不同的語義了，所以這個很難去解碼。我覺得我現在也是一個解碼者，因為現在有一個印尼看護來到我家，我在跟他解碼的時候我也想到語言的問題，我媽媽沒辦法，一個聒噪的母親現在失去語言，我也在跟她解碼。所以剛剛范老師問到我一個最核心的痛處，因為我一直覺得其實我在我的小說《艷歌行》的時候，我的同輩作家駱以軍寫的一個書評，我一直念念在茲。他說我早期可以操作一個非常優美優雅的中文系統的書寫，可是在《艷歌行》裡，我刻意用一種台客閃亮三姊妹的語言，融合了傷逝的時間、青春的碎片，融合台客的這種閃亮三姊妹的語言。這在台灣絕對會被覺得是不好的，因為他會覺得你寫得非常台的、這種在地的、粗鄙的，他疑惑為什麼一個早年寫

作短篇小說或者是散文可以使用優雅流利的中式美文的一個作者，要一反這個他的語言的問題。事實上他寫在《聯合報》的這個書評，雖然不是很多人看到，可是戳中了作者我，因為我也曾經叩問過，如果要得到榮耀，剛才麗群有提到得獎這件事，榮耀的桂冠，聖杯的毒藥，作者要不要去實驗？你自己操作的非常優美的那種，你可能就是很快會有一種假想，可是我們知道我們從一種非常職業的，不一定哪種語言是正確的，然後語言的正確性，在我們的整個台灣裡頭，我沒有去靠攏沈從文，過去他們以及我所學舌的那種。我曾經有一度非常糾葛，可以說我十年來沉寂，就是出版了《艷歌行》之後的沈寂，因為《短歌行》裡面有許多實驗的不精準，那不是刻意，我很矛盾於我的祖父他們的語言是那樣的多元性，所以複雜性是從小就存在，我覺得我在我的文學裡並沒有處理到像范老師問我覺得你哪一篇裡有處理到，可是如果文學摒棄掉語言，如果完全使用那種我從小很擅長的中文，這種漢文的美感，絕對可以寫得非常流利。可是我究竟要不要實驗？所以《短歌行》就有一些實驗，但它確實沒有被認可。因為變成中文字的時候，它就是要被解碼，整個客語要被解碼，可是不能

整本小說都在註啊。像我有一個短篇小說，被翻成英文也不是很成功，因為我自己讀了。為什麼？有些是流氓的話語。因為我們鄉下有一些流氓，在雲林出產黑道嘛，我如果沒有上台北我可能就是黑道的女人這樣。那個語言很困難，他們其實是有術語的，所以那時候我就在想我到底要不要寫，後來我寫了大尾，就被翻成big tail，我想慘了怎麼變成大尾巴，這就是語言的誤謬性。語言的誤謬也在轉譯的過程裡，不要說大量流失，中文的語意當它被大量平板化成另一個語言的時候，人家就覺得我們的小說不好看，因為我們並不以情節取勝，不以情節取勝而以細節取勝的時候，所有的中文字又流失了。當它變成另一個小說的時候，你寫的就是一個離別的故事，然後又沒有很精彩的情節在裡面曲曲折折。當然如果是西方市場，我們只能靠翻譯。我剛才那個台妹是內化的市場、是內需，其實讀者在台灣，所以連中國大陸都不一定能夠讀懂我們。我們這個困境跟我們作家要不要投降，我就去寫張愛玲式的、沈從文式的這種美文，我們並不是不能，而且相對是容易的，所以我覺得這個其實引發我的思考。

黃宗儀：不知道其他三位作家要不要回應一下范老師的問題？

朴馨瑞：我簡單的說一下好了，我們的語言遊戲，就是用語言來開玩笑這件事情，從以前到現在是一個蠻重要的部分。有一些開玩笑的玩笑話，我們不同文化的人沒有辦法理解，或是一些罵人的話也沒辦法表現。比方說在泰國有一個很大的蟲子，在泰國壞人都用這個蟲子的名字來說，可是在韓國沒有這個蟲子。泰國的蟲子就是真的那麼大，紅紅的非常噁心，光想到這個蟲子就是一個很噁心的事情，可是在韓國我們要把牠寫出來，就沒有辦法形容，一定要附圖片。那還有一個問題是跟韓文的寫法有關係，因為在韓國pattaya這個地方，叫padaya這樣寫，可是用泰文寫就變成dadaya，pattaya給人的感覺跟dadaya給人的感覺是完全不一樣的。所以我寫這本有關泰國小說的時候，就遇到一些有關語言跟文化的困難。因為老師剛好有問相關的問題，所以我想到了這個記憶。謝謝。

茅野裕城子：剛剛講到說怎樣用母語去書寫異文化，剛好這次在大會附的資料裡，我的這篇作品就是試圖要描繪一對情侶，可能是一個來自中國一個來自日本，他們兩

個是不瞭解彼此的語言的，原本也抱持著一個美好的夢想，覺得反正我們都可以用漢字，用漢字可以互相溝通、可以兩情相悅。但是在故事裡面用比較幽默的筆調去書寫，中文跟日文裡雖然都使用漢字，但是有很多單字的意思是不一樣的，因此造成了一些誤解等等，這是我們在故事裡面試圖描繪的部分。

黃宗儀： 謝謝幾位老師的回應，主辦單位我們還剩多少時間？剩三分鐘是嗎？那還有人要問問題嗎？

現場參與者提問： 我想問一個問題就是說，剛剛大家談到很多語言的流失，還有可能那裏面有自己的文化藏在身體裡，因此你走到哪裡都會感覺到，你自己原來的文化優於你看到的文化。可是這樣講的話，我們是不是忽略了另外一個東西？如果你把這些東西拿掉的話，或者說不要這麼在意，那這樣的旅行會不會導致，你重新來觀看這個世界？其實很多人都一直再回想你的旅行，其實你可以藉由google maps，google maps的羅馬，2017年的旅行，2017年去看，再回看2015年前後，其實這個世界，還是跟你在一起的。所以說google maps提供了你一個不必出門，可以不斷去

update去過的地方，甚至可以盯著某一條馬路一直去看，等於說文學的旅行或旅行的文學，是不必然會產生那麼多的鄉愁、那麼多的文字、那麼多的憂鬱，我想這樣的東西會不會是未來一個，剛剛有一個朋友講的，未來的旅行會不會比較沒有那麼多包袱？問幾位作家，這樣的書寫會不會開放出另外一種更新的領域？而不是不斷在記得、遺忘、存在、失去、母國、他國這樣？謝謝。

黃宗儀：不知道哪位作家可以回答這物朋友的問題？就是旅行不一定是失去、失落、憂鬱的紀錄。

鍾文音：我剛剛說過人的個體性沒辦法被取代，因為你的記憶不會發生在google maps，還有你感情的重量，還有你對於所有相思的人。光是吃食物這件事，你在google maps就是沒辦法被解決，你的胃就是整個巨大的鄉愁。所以不一定是失去沒有錯，但它絕對是記憶的來源，也絕對是google masp沒辦法幫你update的。

黃宗儀：好，時間的關係，我想我們應該就在這裡結束今天的這場座談。在此再次謝謝四位作家精彩的分享，也謝

台日韓當代作家座談會（照片前排左至右：鍾文音、多和田葉子、茅野
裕城子、中川成美；後排左至右：崔末順、范銘如、權晟右、片惠英、
吳佩珍、朴馨瑞）

秀威經典　　　　語言文學類　PG2092　新視野54

生態與旅行：
台日韓當代作家研討會論文集

主　　　編 / 崔末順、吳佩珍、紀大偉
策　　　劃 / 國立政治大學台灣文學研究所
責 任 編 輯 / 杜國維
圖 文 排 版 / 楊家齊
封 面 設 計 / 蔡瑋筠

出 版 策 劃 / 秀威經典
發 行 人 / 宋政坤
法 律 顧 問 / 毛國樑　律師
印 製 發 行 / 秀威資訊科技股份有限公司
　　　　　　114台北市內湖區瑞光路76巷65號1樓
　　　　　　電話：+886-2-2796-3638　傳真：+886-2-2796-1377
　　　　　　http://www.showwe.com.tw
劃 撥 帳 號 / 19563868　戶名：秀威資訊科技股份有限公司
　　　　　　讀者服務信箱：service@showwe.com.tw
展 售 門 市 / 國家書店（松江門市）
　　　　　　104台北市中山區松江路209號1樓
　　　　　　電話：+886-2-2518-0207　傳真：+886-2-2518-0778
網 路 訂 購 / 秀威網路書店：https://store.showwe.tw
　　　　　　國家網路書店：https://www.govbooks.com.tw

2018年9月　BOD一版
定價：300元
版權所有　翻印必究
本書如有缺頁、破損或裝訂錯誤，請寄回更換

國家圖書館出版品預行編目

生態與旅行：台日韓當代作家研討會論文集 / 崔
末順, 吳佩珍, 紀大偉主編. -- 一版. -- 臺北
市：秀威經典, 2018.09
　　面；　　公分. -- (語言文學類；PG2092)(新視
野；54)
　　BOD版
　　ISBN 978-986-96186-7-0(平裝)

　　1.生態文學　2.旅遊文學　3.文學評論　4.文集

810.7　　　　　　　　　　　　　　　107013130

讀者回函卡

感謝您購買本書，為提升服務品質，請填妥以下資料，將讀者回函卡直接寄回或傳真本公司，收到您的寶貴意見後，我們會收藏記錄及檢討，謝謝！如您需要了解本公司最新出版書目、購書優惠或企劃活動，歡迎您上網查詢或下載相關資料：http:// www.showwe.com.tw

您購買的書名：_____

出生日期：_____年_____月_____日

學歷：□高中 (含) 以下　　□大專　　□研究所 (含) 以上

職業：□製造業　□金融業　□資訊業　□軍警　□傳播業　□自由業
　　　□服務業　□公務員　□教職　　□學生　□家管　　□其它_____

購書地點：□網路書店　□實體書店　□書展　□郵購　□贈閱　□其他

您從何得知本書的消息？

　□網路書店　□實體書店　□網路搜尋　□電子報　□書訊　□雜誌
　□傳播媒體　□親友推薦　□網站推薦　□部落格　□其他_____

您對本書的評價：(請填代號　1.非常滿意　2.滿意　3.尚可　4.再改進)

　封面設計____　版面編排____　內容____　文／譯筆____　價格____

讀完書後您覺得：

　□很有收穫　□有收穫　□收穫不多　□沒收穫

對我們的建議：_____

_____

_____

_____

11466
台北市內湖區瑞光路 76 巷 65 號 1 樓

秀威資訊科技股份有限公司　　　收

BOD 數位出版事業部

....

（請沿線對折寄回，謝謝！）

姓　　名：_____　年齡：_____　性別：□女　□男

郵遞區號：□□□□□

地　　址：_____

聯絡電話：(日) _____ (夜) _____

E-mail：_____